KB120085

낭만 고고학

낭만 고고학

지은이 김   선
펴낸이 김은주

1판 1쇄 인쇄 2023년 4월 18일
1판 1쇄 발행 2023년 4월 25일

펴낸곳 홍   림
등 록 제 312-2007-000044호17
전자우편 hongrimpub@gmail.com
전 화 0507-1357-2617
인 쇄 예림인쇄
총 판 비전북(031-907-3927)
          한국출판협동조합(02-716-6033)

값은 표지에 있습니다.
ISBN 978-89-6934-040-5 (03810)

낭만
고고학

김 선 에세이

머리말

'장고의 악수'라고 하던가. 출판사로부터 에세이 제안을 받은 것이 2년 전이다. 처음 제안을 받고 무척 망설였다. 내가 생각해온 에세이는 연로한 교수님이 그간의 경험을 토대로 편안함과 인자함으로 무장하여 경험담을 담담히 써내려간 비망록의 확대 버전 같은 거였기 때문이다. 고고학자들의 산문을 주로 보아온 나는 아마도 에세이와 자서전을 동등하게 보아왔던 모양이다. 퇴직하려면 아직 10년도 훨씬 더 남은 내가 교수님들도 쓰지 않은 에세이를 써도 될까 싶어서 걱정이 앞섰다. 그리고 너무 흔한, 적어도 내 기준에서는 별 이야기 없을 것 같은 고고학현장을 에세이로 전할 것이 뭐가 있을까 싶었다. 딱히 할 얘기도 없었다. 발굴 현장 이야기나 발굴 보고서를 쓰는 일상이 전부인 평범하고 재미없는 이야기를 사람들이 좋아할까. 발굴 이야기에 사람들이 관심이나 있어 할까. 쓰면 안 될 이유가 오만 가지도 넘었다.

주변에 친한 교수님 몇 분께 의견을 물었다. 물론 모두 응원하며 격려했다. 가장 큰 동기 부여는, "김 선생이 언제까지 발굴을 할 수 있을 거 같아요?"라는 한마디였다. 교수님은 "발굴하면서 내부에서는 보고서 작업도 진행하고, 논문도 쓰는 몇 안 되는 고고학자인데 쓸 얘기가 왜 없어요."라며 적극 지지했다. 이제 나이도 있어서 현장 다니기 힘들 테니 현장의 생생함을 지금이 아니면 전달하기 쉽지 않을 거라는 것이 요지였다. 듣고 보니 맞는 말이었다. 장고의 악수라고, 오래 생각해봐야 의미 없겠다 싶었다. 나는 쓰겠다고 했다.

그러나 막상 쓰려고 하니 무엇을 어떻게 써야 할 지 감이 오지 않았다. 논문과 보고서에 익숙한 직업이다 보니 글은 딱딱하고 어색했다. 발굴현장에서 벌어진 에피소드도 단편적이고, 디테일함보다 현황만 기억나서 난감했다. 짧게나마 쓰다보니 기억이 새록새록 나기 시작했다. 그때 정읍 반장님이 참 잘해 주셨었지, 실상사 주지 스님과 어르신들도 재미있었지, 덥거나 추워서 힘들었었지, 우리 흑산도 핑클 어머님들은 잘 계신지 등등 굴비 엮듯 기억이 엮여 올라왔다.

그러는 과정에서 늘 고민하게 만들었던 고고학자와 필드 고고학자와의 차이점, 이 단어는 누가 만들어낸 것인지, 나는 고고학자인가, 필드고고학자인가, 연구원인가, 발굴업자인가, 끊임없이 나에게 던진 질문까지도 글에 담을 수 있게 되었다.

　　　　나는 학부 시절부터 고고학을 공부했다. 때문에 내 지인의 8할은 고고학 전공자들이다. 나와 대부분 필드에서 땅을 파는 사람들의 경험은 비슷하면서도 많이 다르다. 어느 면에서는 공감하지만 어느 면에서는 공감하지 않는 부분도 많을 것이다. 또 여성으로서 고고학을 한다는 것이 그리 쉽지 않다는 것도 많이 공감할 거라 생각한다.

땅을 파기 위해 일 년 중 6개월 이상을 외지에서 생활하는 고고학 전공자들의 일상과 경험이 때로는 우스꽝스럽게 표현된 면도 없지 않다. 남들이 보든, 보지 않든 추울 때나 더울 때나 날씨에 상관없이 자신의 현장에서 묵묵히 삽질과 호미질을 하는 이들이 있다는 것과, 이 일이 땅으로부터 보물을 캐는 일이 아니라 유적과 유물이라는 과거의 일상을 발견하는 작업이라는 것을 이해해 줬으면 좋겠다. 내용이야 어떠하든 글을 쓴 나로서는 이 글들이 소박한 이야기로 읽히기를 바라는 마음이다.

글이라는 게 뭔지 처음 쓸 때는 많이 남감했는데, 쓰는 과정에서 내 마음도 많이 정화가 되는 느낌이었다. 시내에서 발굴을 하다가 쉬는 시간에 들어간 카페에서 복장과 신발에 묻은 흙을 보고 입장을 저지했던 카페주인, 땡볕에 앉아 발굴하고 있는 등뒤로 "너도 공부 못하면 저렇게 된다."라고 아이에게 훈계하던 어느 부모님, 산에서 지도와 나침반만 들고 지표조사를 할 때 간첩으로 오해했던 분들의 오해가 조금이라도 불식된다면 더 바랄 것이 없을 것 같다. 그러나 상황이 어떠하든 나는 여전히 땅을 파는 일이 좋다.

김상현

차 례

"써니 샘은 원지 어떻게 했으면 좋겠어요?"

"원형 복원이 가장 좋긴 하지만 힘들죠. 복원에는 여러 가지 가 있어요."

PART
1

땅이 전해준 말들

연천 전곡리 유원지를 아시나요?

현장에서 발굴을 하고 있으면 많은 호기심의 눈길들이 와 꽂힌다. 서울에서든 지방에서든 마찬가지다. 멀리서 보면 여상 땅 파는 일이 전부로 보이니 딱히 볼 거리가 있어서도 아니다. 웅성거리거나 쑥덕이는 소리 속에 '뭐하는 거야?' '발굴하는 거래.' '발굴을 저렇게 하는구나.' '처음 본다.' '저게 뭐야?' '뭐가 나온 거야?' 등등 다양한 말들이 땅 파는 등뒤에 날아와 꽂힌다. 그러나 그런 호기심들은 10분을 넘지 않는다. 재미가 있을 리 없다. 십수 명이 앉아서 호미로 땅만 긁고 있는 장면이 드라마틱할 리도 없고 스펙터클할 리 더더욱 없으니까.

서울에서 발굴을 할 때였다. 현장 주변에 안전책을 설치해 놓지만, 사람 가슴 정도의 높이라서 주변에 오가던 사람들이 현장을 들여다 보곤 했다. 대부분은 눈으로 훑어보고 가는 정도이지 말을 걸어오는 경우는 극히 드문데 중년의 한 남성이 현장 안을 들여다보며 '어느 시기인가요?'라며 꽤 구체적인 질문을 해왔다. 이어 '저건 건물지인가요?' '어디서 발굴도 해보셨나요?'라고 물었다. 질문이 예사롭지 않아 나도 되물었다. '혹시 어디 계시는 분이세요?' 돌아온 대답을 통해 그분이 연천 전곡리에서 발굴하셨다라는 걸 알게 됐다.

연천 전곡리. 현재 규모 있는 박물관도 있고 세계적으로도 유명해져 문화축제도 열리는 곳이다. 교과서 속에서 유적 관련해 가장 흔하게 등장하는 그곳 맞다. 우리는 팬스를 사이에 두고 잠시 이야기를 나눴다. 헤어지면서는 내 명함 한 장을 드리기도 했다. 몇 분 후 문자 한 통이 왔는데, 문자 뒤에 이름이 있었다.

'오늘 우연히 만나서 반가웠습니다. 궂은 날씨에 수고하셔요. 그래도 전공 살려서 보람 있고 행복하게 사시는 모습이

아주 보기 좋았습니다. -조O희-'

연천 전곡리는 미군이 주둔하는 군사기지였다. 1977년 1월 미군 그레그 보웬 하사가 한국인 연인과 한탄강 유원지에서 데이트를 하다가 돌을 주우면서 역사가 시작된 곳이다. 그가 유원지에서 발견한 그 돌은 그때까지 한국에서 발견되지 못한 구석기시대 주먹도끼였다. 보웬은 미국 인디애나대학교 고고학과를 3학년까지 다니다가 학비를 벌기 위해 입대한 청년이었다. 그리고 주한미군으로 편성되어 동두천 미군 부대에서 근무 중이었다. 예사 돌이 아닌 걸 단박에 알아본 보웬은 보고서와 유물 사진을 프랑스의 보르드 교수에게 우편으로 보냈다. 당시 보르드 교수는 세계적으로 알려진 구석기 권위자였다. 얼마 뒤 보웬은 보르드 교수로부터 답장을 받았다. 보르드 교수는 보웬이 발견한 것들이 유럽이나 아프리카에서 발견되었다면 아슐리앙 문화의 석기가 맞다고 답해왔다. 그러면서 직접 현장을 보고 싶은 중요한 발견이라며 관심을 보였다. 그러고나서 서울대학교 고고학과로 연락해 보라는 안내를 해줬다.

    보웬 하사는 그해 4월 15일 휴가를 받고 서울대학교의 고 김원용 교수를 찾아갔다. 보웬 하사와 김원용 교수의 그날 만남은 한국의 역사뿐만 아니라 동아시아의 역사에 큰 변화를 가져왔다. 그날 김원용 교수는 보웬이 안내한 현장으로 가서 유적지를 확인했다.

얼마 지나지 않아 한탄강 유원지 일대는 국가 사적으로 지정되었다. 연천 전곡리 유적은 1979년 4월부터 서울대학교의 김원용 교수, 영남대 정영화 교수, 경희대 황용훈 교수, 건국대 최무장 교수 등 쟁쟁한 우리나라 구석기 전공자들이 모두 참여한 대형 발굴프로젝트로 기록되어 있다. 당시 총 실무 간사가, 지난 해까지 국립중앙박물관장을 역임한 한양대학교 배기동 교수였다. 이 대학합동발굴단은 이후 10년간 발굴을 했고, 그 결과는 우리가 역사교과서에서 배운 바 그대로다.

    발굴조사 결과 전곡리 유적지는 국가사적이 되었다. 물론 많은 양의 유물이 수습되었다. 발굴 과정에서 약 4천 점의 구석기시대 뗀석기(打製石器)와 동아시아에서는 발견된 적 없었던 아슐리앙 주먹도끼들이 출토되었다.

아슐리앙 주먹도끼는 프랑스의 생 아슐 마을에서 유래한 구석기 문화의 형태이다. 위는 둥글게 다듬고 아래는 뾰족한 날이 서도록 깎으면서 날 옆면은 우툴두툴한 날이 겹겹이 서도록 돌의 둘레를 쳐내서 만들었기 때문에 동물 가죽을 벗겨 내는 데 아주 유용한 도구다.

아슐리앙 주먹도끼의 제작 기술은 약 1백만 년 전에 아프리카에서 처음 나타나 유럽, 근동, 인도까지 퍼져 갔지만, 전곡리 발굴 전까지 동아시아에서는 확인되지 않았었다. 자바의 직립원인, 중국 주구점(周口店)의 베이징원인 등은 주먹도끼가 아니라 이른바 '찍개'를 사용하고 있다. 그래서 구석기 문화는 보통 아슐리앙 주먹도끼와 찍개 문화로 분류하는데 전곡리 유적에서 이 아슐리앙 주먹도끼가 나오면서 구석기유적 세계지도를 새롭게 바꿔 놓은 것이다.

현재 이 유적지 현장은 흙으로 덮여 있거나 야생초가 심겨 있다. 대신 전곡선사박물관에 가면 당시 발굴한 자료들을 자세히 볼 수 있다.

연천 전곡선사박물관 전경

1977년 한탄강 유원지에서 미군 그레그 보웬 하사가 한국인 연인과 데이트 중에 발견한 주먹도끼는, 이후 전곡리 유적이 구석기유적의 세계지도를 바꿔 놓는 계기가 됐다. 당시 발굴 과정에서는 약 4천 점의 구석기시대 뗀석기(打製石器)와 동아시아에서는 발견된 적 없었던 아슐리앙 주먹도끼들이 출토되었다.

천년 사찰, 벗나무를 베고 무궁화를 심다

———

　　나말려초에 나타난 구산선문(九山禪門)이란 선종의 종파가 있었다. 신라 서라벌에서 떨어져 있는 지방의 산에 아홉 개의 선문이 분포하면서 붙여진 이름이다. 구산선문에는 전라남도 장흥의 가지산문, 전라북도 남원의 실상산문, 전라남도 곡성군의 동리산문, 강원도 강릉시의 사굴산문, 경상남도 창원시의 봉림산문, 강원도 영월군의 사자산문, 경상북도 문경시의 희양산문, 충청남도 보령시의 성주산문, 황해남도 해주시의 수미산문이 있다. 남원 실상사는 흥덕왕 3년 홍척국사에 의해서 창건된 실상산파(전라북도 남원시 실상산문의 실상사)가 개창된 가람으로 구

실상사

구산선문(九山禪門) 가운데 최초의 사찰인 실상사는 흥덕왕 3년 홍척국사에 의해 창건된 가람이다.

산선문 최초의 사찰이다.

　　내가 남원 실상사와 인연을 맺은 건, 2012년 시굴조사 결과 유구가 발견되면서였다. 실상사는, 시굴조사 후 두 해가 지난 2014년 4월에서 6월까지 두 달간 본격 정밀 발굴조사를 했다. 발굴조사 결과 고려시대 원지와 입수로, 건물지 2동, 석렬(돌이 열을 지어 있는 것)과 담장 1기 등의 유구와 다수의 유물이 확인되면서 2016년까지 총 네 차례 발굴이 진행됐다.

보람도 많았지만 힘든 일도 많았던 곳이다. 발굴 초기에는 해당 사찰의 주지 스님이 대체로 발굴조사에 대해서 우려를 많이 하셨었다. 현장에서는 다양한 변수들이 생긴다. 발굴 결정이 난 이상 감내하고, 기간 내 발굴 유구와 유물을 통해서 분석한 실상사 건축물의 변천과 사찰 정원 시설의 가치를 도출해야 했다. 실상사는 구산선문 최초의 가람답게 발굴에서 성과도 컸다. 통일신라시대에 단일 축이던 건물 중심 축선이 고려시대에 이르러서는 건물과 원지의 중심의 축선으로 확장되었는데, 이것은 현재의 사역보다 당시의 사역이 광대했다는 걸 알 수 있게 하는 대목이었다. 실상사는 평지처럼 보이지만 산지형 가람이다. 일천 여 년 전 사찰의 규모가 어떠했을지 그려질 것이다.

발굴 조사를 통해서는 온전한 사찰 정원 시설로의 가치도 나왔다. 직선형 입수로, 타원형 원지(물을 저장하는 중심 바닥이 타원형 형태), 수량 조절이 가능하도록 곡선의 배수로로 설계된 곡수로와 출수로(물이 빠져나가는 길) 등 부속시설로 인해 당시 원지의 수체계(물의 체계)가 확인된 것이다. 원지는, 사찰을 구성하는 정원 요소 중 하나로 정원에 조성한 물의 체계를 포함한 일정 영역을 지닌 정원의 수경 요소다.

실상사 원지의 호안 석축 기법은, 돌이 무너지는 것을 막기 위해 돌을 세워서 쌓은 기법인데 이를 통해서 당시 원지 조영기술을 확인할 수도 있었다. 기존 고유의 석축 쌓기는 바른층 쌓기(돌의 높이와 수평이 일직선으로 연속되게 쌓는 것)로만 알려졌었는데, 실상사 원지의 들여쌓기 호안 조성 기법을 통해서 다양한 호안 석축기법이 있었음이 확인 되었다. 석축기법만으로도 실상사는 중요한 유적인 것이다.

햇수로 꼬박 2년. 네 차례의 발굴조사를 통해 고
원 영역으로 추정되는 유구를 확인한 것도 큰 보람이었
다. 음식을 조리하는 주방, 창고 등의 부속시설로 주로 사
찰의 동쪽에 위치했을 것으로 추정 되는 이 고원 영역은,
동아시아에서 유행하던 선종사원의 가람 구성이다. 그것
이 통일신라시대부터 고려시대까지 사용한 건물지에서
당시 발굴을 통해 처음 확인된 것이다. 고원영역은 사찰
의 중심축에서 동북쪽에 위치해 있고, 일반 건축물보다
측면이 넓게 조성되었는데 아궁이 시설이 있는 조리시설
과, 불이 지나가는 고래 시설 등도 확인되었다. 거기에 창
고시설까지 갖춘 완전한 형태를 이루고 있었던 것으로 보
인다. 남송 시대 중국 선종사찰의 현황을 기록한 <오산십
찰도>라는 문헌이 있다. 거기에 기록된 바에 의하면 천동
사, 영은사, 만년사 등이 공통적으로 고원영역을 동쪽에
두고 있는데 실상사에서도 그것을 확인하면서 당시 선종
사찰로서의 입지를 가늠했다.

최근에는 남원 실상사의 고원 영역에서 장을 담궈 놓는
장고지와 스님들이 수행을 하는 승방지, 공양간(식당)과
같은 곳이 발굴조사를 통해 일부 확인되었다. 삼척 흥전

실상사 발굴 현장 스케치

햇수로 꼬박 2년. 네 차례의 발굴조사를 통해 고원 영역으로 추정되는 유구를 확인한 것과 원지의 호안 석축기법 을 확인한 일 등은 실상사 발굴의 큰 수확이자 보람이었다.

리사지, 경주 미탄사지, 경주 삼랑사지, 강릉 굴산사지, 청
송 대전사, 양주 회암사지 등도 이와 유사한 형태다.

남원 실상사 주변에는 암자들이 많이 있다. 그중
남원 대정리 서진암이 그곳이다. 실상사를 발굴조사 하면
서 주변 지표조사를 동시에 진행했는데 서진암도 함께 조
사했던 대상지였다. 실상사가 넓은 들판에 있어서였을까,
부속암자는 해룡산 절벽 아래, 자그만치 해발 720미터 높
이에 있었다. 전북 남원시 산내면 대정리 산107번지. 인
월면에서 실상사 방향으로 60번 도로를 타고 가면 좌측
에 매동마을이 있는데 마을길을 따라가다 보면 주변에 사
과나무, 감나무 등 과수원이 있고, 약 5킬로미터 북동쪽
으로 그 길을 올라가면 산을 깎아 개간한 고사리밭이 나
타난다. 그리고 그 위로 조금 더 올라가면 소나무 둘레길
과 서진암으로 가는 비포장도로가 나온다. 그 길이 끝나
는 곳에서 산이 시작되는데 이 산길을 타고 북쪽으로 600
미터를 올라가면 해발 720미터 지점에 서진암이 있다. 그
곳에서 약 2미터 높이의 축대 위에 위치하고 있다. 서진암
은 암자와 칠성각으로 구성되어 있는데 칠성각이 암자의

서쪽에 있다.

지표조사 때문에 서진암을 찾았던 날은 동행한 인턴 학생과 둘이서 물도 없이 올라갔다가 여간 낭패를 본 게 아니었다. 그나마 체력이 좋았던 때라 사고(?)가 없었지 싶다. 힘들게 올라갔으나 암자에 스님도 안 계시고 잠시 숨만 고른 뒤 겨우 주변 조사를 마친 후 콧물을 마셔가며 내려왔었다.

유적지 발굴을 기준으로 보면 2년이란 발굴기간이 긴 시간은 아니지만 그 시간 동안을 함께한 관계는 다르다. 당시 실상사 주지였던 응묵스님이 그랬다. 나의 경우 사찰 발굴이 많았던지라 만났던 스님도 많았던 편인데 지금까지 내가 가장 좋아하고 존경하는 스님은 응묵스님이다. 발굴 초기에는 적잖게 어려운 상대였었다. 그렇다고 미워하다가 정든 케이스는 아니다. 일하면서 스님의 진심과 진정성을 느낀 지점이 많았고, 그러면서 연대가 쌓인 것이다.

석가탄신일 즈음에 언론에서 연례행사처럼 공개하는 삭발한 동승들의 얼굴, 응묵스님의 인상이다. 동글동글 아

실상사 발굴 당시의 현장

실상사의 매력은 때묻지 않은 청정함에 있다. 중앙 왼쪽에 서 있는 이가 발굴 현장을 둘러보는 중인 당시 실상사 주지였던 음묵 스님이다.

기 같은 얼굴을 하고 스스럼없고 편안하게 말을 거실 때면 영락없는 아기 스님이다. 4차 발굴 시기였던 2016년 실상사 원지와 장고지를 발굴할 때에는 장고지 발굴에서 유구가 없을까봐 오히려 우리를 걱정해 주실 만큼 발굴 기간 동안 우리의 관계에는 진전이 많았다. 아침마다 현장을 한번 보시고 조사원 한 사람 한 사람과 인사를 나누고, 잠시 현장을 바라보고 가셨더랬다. 그때 현장에서는 원지가 가장 큰 화두였다. 응묵 스님이 하루는 진지하게 물어오셨다.

"써니 샘은 원지 어떻게 했으면 좋겠어요?"

"원형 복원이 가장 좋긴 하지만 힘들죠. 복원에는 여러 가지가 있어요."

"그럴려면 인력도 그렇도 관리도 힘들겠죠? 서울 육조거리 복원한 거 봤는데 강화유리 있는 거 좋더라."

"장단점이 있어요. 그런데 스님, 실상사 사역이 1970년도보다 넓어졌던데요."

"일제강점기 때 벚꽃나무가 심어져 있었어요. 그거 없애고 그 자리에 무궁화 심었어."

"사찰에 그 흔한 음료수나 커피자판기도 없고. 상업에 관심이 없나 봐요."

"그거 놓으면 쓰레기통 만들어야 하잖아요."

"쓰레기통 놓지 마세요. 누가 사찰에 쓰레기를 막 버리겠어요."

"버리는 사람 많아요."

사실 실상사의 매력은 변하지 않은 모습에 있다. 사람들이 실상사를 좋아하는 이유가 여럿 있는데 그 중 하나가 때묻지 않은 청정 이미지 때문이기도 하다. 그럼에도 나는 웅묵 스님께 실상사 방문객들이 탑만 보고 가게 하지 말고, 박물관이나 전시관을 원지 근처에 지어 함께 살펴보고 차를 마시면서 쉴 수 있는 공간을 연계해서 만들면 어떻겠느냐고 제안하면서 발굴 통해 나온 유물에 대한 실상사 소유권 주장도 함께 권했더랬다.

세월이 흘렀다. 삼장법사같은 스님을 내가 근무하고 있는 연구소 근처 치과에서 만난 적이 있다. 그 사이 서울로 올라오셨는데, 현재 종단 내 수사 기관 역할을 하는 호법부에 계신다고 했다.

　"스님, 제가 실상사로 논문 2편을 썼습니다."
　"직접 발굴하고 연구성과가 나왔으니 좋네요."

아쉽게 헤어진 후 호법부 국장 임명을 받으셨다는 소식은 우연한 기회에 불교계 언론을 통해 알게 되었다. 최근엔 종단 내 위안부를 위한 부서 일을 하신다는 소식을 전해 들었다.

　　4차 발굴조사가 끝난 후 4년 후인 2020년 7월 9일이었다. 실상사 4차례 발굴 조사를 통해 출토된 유물 소유권이 완료되었다는 연락을 받았다. 발굴조사 종료 후 작성했던 관련 자료와 유물을 복원하는 과정에서 수량이 달라지는 등의 여러 우여곡절도 있었지만 무사히 해결이 되고, 갈무리 된 것이다. 주변에서 연말 총무원장상 당첨 각이라며 농담을 던졌다. 실상사에서 발굴하던 시간이 주마등처럼 지나갔다.

실상사 전경 스케치

벚나무를 베고 무궁화나무를 심어 놓은 실상사는 평지처럼 보이는 곳에 있지만 산지형
가람이다.

발굴지에서 테러 진압 요원을 만나다

———

      땅을 파는 고고학자에게 도시의 땅은 오염된 현장이다. 어느 지층이든 시대를 품고 있지만, 한 나라의 수도는 그것에 더해 더 많은 시간과 역사가 쌓이고 덮이면서, 오염된 채로 발굴자에게 노출된다. 경희궁도 예외는 아니었다.

경희궁은 서울시 종로구 신문로2가 2-1번지 일원에 위치한 사연 많은 고궁이다. 사적 제271호로 지정된 이곳은 한양도성의 5대 궁 중의 하나이다. 고종 대와 일제강점기를 거치면서 다른 궁들과 비교해 변형·훼손이 많았는데, 현재의 모습을 갖추기 직전에는 고궁으로서의 기능도 상실한 채 있었다. 고궁의 자리에 서울중·고등학교가 있었던 것. 학교가 강남으로 이전되면서 궁의 일부 지역인 숭정전 주변 권역이 발굴조사를 통해 복원되었는데 안타깝게도 숭정전 주변 이외 다른 권역은 그 원형을 찾을 수 없었다. 경희궁의 옛 경계도 파악할 수 없는 실정이었다.

경희궁지는, 2013년에 주변 시설물과 조화를 이루면서 조선 왕궁의 기본적인 궁제(宮制)와 경희궁의 옛 영역을 보존하고자 종합정비계획이 수립되었다. 5년 뒤인 2018년에는 2013년에 수립된 1차 경희궁지 종합정비계획이 보완·보강됐다. 2차 종합정비계획의 대원칙에는 문화재의 원형을 보존하고, 학술연구와 고증을 통해 문화재의 진정성 및 가치가 유지되도록 보수·정비가 이루어져야 한다는 내용이 담겼다. 무분별한 과잉 복원을 지양하고 문화재의 특성과 관계법령, 주변 상황 및 재정 여건 등 제반 환경을 고려해 문화재의 보존과 활용이 합리적으로 조화를 이루면서 실행 가능하도록 작성되었다.
경희궁지의 발굴조사는 그런 2차 종합정비계획에 따라 '도총대청지 권역'과 왕이 지나는 길이었던 '어도 권역',

종묘의 위패를 임시로 봉안하던 곳인 '위선당 권역'에 대한 조사로 진행했다. 경희궁은 임진왜란 이후 광해군 9년, 그러니까 1617년에 정원군의 집터에 건립되었다. 착공 3년만인 1620년에 완공되었고, 인조반정이 있었던 1623년 이후부터 철종(1850~1863년) 대까지 '이궁'으로 사용되었다. 이궁은, 부득이한 상황이나 자의적 판단에 따라 거처를 옮길 목적으로 지어진 궁궐을 말한다.

그러다가 고종(1865년) 대 경복궁 복원 과정에서 전각이 이축되었다. 창고(1872년)와, 염초를 굽는 곳인 자초소(1883년), 그리고 상평통보 당오전을 주조하는 곳인 당오전 주조소(1883년), 누에를 치던 양잠소(1883년) 및 군 훈련장 등으로 사용되었다. 일제강점기에 들어와서는 경성중학교가 설립되면서 교육공간으로 변화되었다.

이후 경희궁에 남아 있던 전각들이 조계사와 장충단을 비롯한 부속 시설물로 이전되었는데, 그때 전매국 관사와 기상청 건물이 세워진다. 전매국은 일제강점기 때에 조선에 설치된 조선총독부 소속 관청으로 소금, 담배, 인삼, 아편류의 전매 사무를 관장하던 곳이다. 거기에 침전권역에는 방공호가 만들어지는 등 많은 변화를 겪었다.

발굴 조사를 통해서는 조선시대부터 근·현대 건물지 등이 다양하게 확인되었다. 발굴 과정에서 확인 된, 경희궁 이전 시기의 정원군터(선조의 5남, 인조의 아버지, 광해군의 이복형)로 추정되는 유구를 확인한 일도 큰 수확 가운데 하나다. 동·서 회랑지와 일제강점기 경성중학교 건물지, 서울고등학교 지하구조물 등도 그때 확인되었다.

경희궁지 유적을 발굴할 때의 일이다. 연구원과 어르신들이 열심히 토층을 조사하고 있는데 한쪽에서 뭔가를 발견한 듯 웅성웅성하는 소리가 들렸다. 그러더니 갑자기 나를 향해 잠시 와 보라고 손짓을 했다. 땅속에서 뭔가 나온 것 같아 다가가 들여다보니 탄환이었다. 인원의 다수가 아무래도 불발된 수류탄 같다고 했다. 나를 빼고 전부 군대를 다녀온 사람들이니 나보다 더 잘 알겠거니 생각하고 안전조치를 위해 다들 현장 밖으로 나오라고 했다. 그런 후에도 어떻게 해야 하는지 우왕좌왕하고 있는데, 전경 출신인 연구원이 나섰다. 112에 신고해야 한다는 것이었다.

발굴 중이던 경희궁지에서 수류탄이 발견되었다

경희궁지는 일제강점기 때 군사훈련도 했던 장소다. 수류탄이 출토 되어도 이상할 것은 없었다. 발굴 기간 동안 경희궁에서는 모형 수류탄도 몇 점이 추가 발견됐다.

"경희궁지에서 발굴조사를 하고 있는데요, 여기 땅속에서
수류탄으로 보이는 것이 나왔어요."

그러자 저쪽에서 최초 발견자가 누구냐, 지금 전화한 사
람은 누구냐, 거길 왜 조사하는 거냐 등등 자세히 물어왔
다. 최초 발견자인 연구원의 이름과, 내 이름, 그리고 우리
가 하는 일을 설명해 주자, '지금 당장은 가기 힘드니 주
변에 사람을 물리치고 대기하라'는 답변이 돌아왔다. 한
차례 우왕좌왕한 상황을 거쳤으니 이제 달리 조치할 일도
없고 다들 손놓고 기다리는 수밖에 없었다. 잠시 후 경희
궁으로부터 가장 가까운 경찰서에서 경찰들이 도착했다.
안전띠를 두르고 있는데, 정보처리과와 대테러진압 팀장,
전경들이 이어 도착했다. 그리고 전경들 일부가 현장 주
변을 둘러쌌다.
경찰이 누가 제일 먼저 발견했는지, 이 현장은 지금 뭘 하
고 있는 것이고, 누가 신고한 건지 세부적인 것을 다시 묻
기 시작했다. 그로부터 한참 뒤, 폭발물처리요원이 왔다.
나는 난생처음 폭탄 수거 현장을 목격했다. 구경했다고
해야 맞는 말일 것이다. 그들은 폭발물이 있던 주변을 샅

샅이 뒤져보고 안전을 확인한 뒤 철수했다. 그런데 떠나면서 정보처리과 관계자가 내게 다가와 말을 건넸다.

"혹시 모르니 방탄복 입고 조심히 작업하세요."

친절하게 전달했지만 이 무시무시한 말을 듣는 순간 나는 머리가 텅 비어버리는 것 같았다.

'저기요, 방탄복은 어디서 구입하나요……?'

나는 서울 태생이다. 20여 년 동안 한반도 땅 이곳저곳을 다녔지만, 서울 한복판에서 수류탄을 발굴하기는 처음이었다. 폭발물과 관련해서 군인과 경찰의 전화를 받기도 처음이었다. 사실 경희궁지가 일제강점기 때 군사훈련도 했던 장소이니 수류탄이 출토되어도 이상할 것은 없었다. 그날 이후 경희궁에서는 모형 수류탄도 몇 점이 추가 발견됐다. 혹시 그때 우리가 신고한 수류탄도 모형 수류탄은 아니었을까 생각했지만 그것이 진짜든 가짜든 모두 '발굴'해 내긴 했으니 일면 안심이 되었다.

도서관 건축 중에 유골이 나왔다

서울의 모 구청에서 내가 근무하고 있는 연구소로 긴급조사 요청이 들어온 적이 있다. 구립도서관을 짓는 자리에서 무덤이 나왔다는 연락이었다. 공사를 진행하는 중에 무덤이 나왔고, '뼈도 있는 것 같다'는 전갈이었다. 공사 중 유구나 유물이 확인되면 우리나라에서는 '매장문화재보호 및 조사에 관한 법률'에 따라 공사를 중지해야 한다. 그런 경우 시행업체에서는 시간과 예산이 지출되므로 긴급하게 빨리 조사할 수 있는 기관으로 연락할 수밖에 없다.

부랴부랴 현장에 가봤더니 한참 공사 중이던 현장에는 이미 굴삭기로 무덤의 앞 판(유골의 발이 있는 곳)과 상석 일부가 훼손되어 있었다. 무덤이 나올 거라고 상상이나 했겠나. 들여다보니 그래도 내부의 상태는 양호한 듯했다.

당연하지만 이런 경우 현장 풍경은 다소 어수선하다. 이곳 현장 담당 소장님부터 바로 반응이 나왔다. 딸의 결혼식이 얼마 안 남았던 소장님은 부정탄다며 현장에 들어가지 못하겠다고 했다. 그리고 우리에게 열쇠를 주고 사라졌다. 구청 담당자는 무섭다며, 근처에 오길 꺼려했다.

현장에 오기 전에 구청 직원이 보내준 사진에서 반짝이는 것이 보이기에 금속인가 했는데 현장에 와서 살펴보니 이빨 뼈였다. 일단 현황만 살펴보고 어떻게 조사해야 할지 준비를 해야 해서 다시 연구소로 복귀했다. 땅을 파면서 토층을 통해 별의별 것들을 보고 수백 년을 탐사하지만, 땅속에서 죽은 망자를 만날 때는 그 기분이 많이 묘하다. 정식 발굴조사를 진행하기 위해 현장에 도착하기 전, 나는 아침 일찍 근처 편의점에 들려 막걸리 한 병을 샀다. 내가 거주하는 집에 누가 무단으로 침입하면 경찰에 신고하듯이, 무덤은 돌아가신 분이 거주하는 집과 같은 곳이기 때문에 주인에게 예의를 갖추어야 한다. 우리에게는 발굴이지만 무덤 주인은 무단 침입이어서다. 나는 "죄송합니다. 저희가 잠시 조사를 하겠습니다."라고 작게 말하고 무덤 주변에 막걸리를 뿌렸다. 유적지에서 발굴 전에 개토제를 지내는 것과 유사한데, 땅을 파기 전에 지신에게 "우리가 땅을 열겠습니다"라고 인사드리는 것과 같다.

현장에서 발견된 무연고 묘는 긴급하게 조사가 이루어졌다. 조사 결과 회곽묘를 조성한 무연고 묘 1기와 내부에서 인골이 확인되었다. 조사 전 이미 목관은 훼손되고 무너져 내려서 일곱 개의 횡으로 이루어진 상면의 횡대가 머리 근처에서 일부만 남아 있었다. 인골은 목관이 무너지면서 머리뼈가 일부 부서졌고, 발목은 이미 우리가 현장에 도착했을 때 없어진 후였다. 역시 무덤이기 때문에 머리는 북동쪽을 향하고 있었다. 치아는 잘 남아 있었고, 척추와 골반뼈는 아래쪽으로 많이 내려가 있었다. 배쪽은 뼈가 거의 없었다. 머리부터 발목까지의 크기는 대략 150센티미터였는데, 발이 남아 있었다면 160센

회곽묘가 발견된 현장

회곽묘는 조선시대 묘제의 한 형태로 조선시대 전기에는 왕가와 사대부를 중심으로 조성되다가 조선시대 중기 이후에는 『주자가례』에 기록된 회곽묘 조성이 일반 서민까지 확대되었다.

티미터 정도였을 것으로 예상됐다. 치아 상태로 봤을 때는 성인으로 추정되었다. 법의인류학 검사결과 무덤의 주인은 20-50세의 청장년 여성이이었다. 치아에서 충치가 확인되었지만 그 이외의 다른 질병은 확인되지 않았다고 한다.

회곽묘는 조선시대 묘제의 한 형태이다. 석회와 모래, 황토를 혼합해서 만든 삼물로 곽을 축조한 무덤이다. 생토를 굴광한 후 회곽을 조성하고 관을 안치하는 구조다. 조선시대 전기에는 왕가와 사대부를 중심으로 조성되다가 조선시대 중기 이후에는 『주자가례』에 기록된 회곽묘 조성이 일반 서민들에까지 확대되었다.

우리의 조사는 3일 만에 마무리되었다. 그런데 그 짧은 시간 동안 무덤과 사람뼈가 나왔다는 소문이 동네에 퍼지면서 민원이 발생했다. 현장 모습이 보기 싫다고 가림막을 해달라는 것이었다. 현장을 조사하기 전에 막걸리를 올린 것이 민속학적 관점이라면, 발굴조사를 진행하는 과정 중에 인골을 만지고 조사한 건 직업정신이다. 하지만 주민들에게 이 현장은 죽은 사람이 나온 부정

회곽묘가 발견된 현장 스케치

우리나라에서 인골은 유물이 아니다. 발굴하는 인력이 동원되기는 하지만 인골이 출토될 경우 장사법 절차에 따라 후속 작업을 진행하고 있다.

타는 곳이었다. 흉흉한 가운데 우리는 인골을 잘 수습해서 의과대학의 법의인류학 전담팀에 전달했다. 분석을 마친 법의인류학팀의 보고서에 따라 구청에서는 장사법에 준거해 장례 절차를 진행했다. 마음 같아서는 법의인류학팀과 조사를 확대, 연구하고 싶었지만 현행법상 무연고 무덤은 3개월 동안 공개를 한 후 연고자가 없을 경우 장사법에 따라 처리해야 해서 단념했다.

우리나라에서 인골은 유물이 아니다. 발굴하는 인력이 동원되기는 하지만 인골이 출토될 경우 장사법 절차에 따라 후속 작업을 진행하고 있다. 그 만큼 한국에서 인골 연구는 매우 미흡한 편이다. 뿌리 깊은 유교 문화 탓일 수도 있는데, 시대가 시대인지라 최근 인골을 유물에 포함시키는 법을 만든다는 소식도 들린다. 그렇게 된다면 고병리학을 통해 당시 사람들의 질병까지도 확인할 수 있는 학문적 협업과 교류가 이루어질 수도 있을 것이다.

한우는 언제부터 존재한 걸까

한양도성 내에 문화재 발굴조사는 1985년부터 근대까지 궁궐 일원을 중심으로 진행되어 오다가 2003년에 본격적인 조사에 들어갔다. '청계천 복원 구간 문화재 지표조사'와 청계천 복원 공사와 더불어 진행된 청계천 유적 발굴이 계기가 되었다. 이듬해인 2004년에는 종로구 청진동 일원의 '종로 청진 6지구 도시환경 정비사업' 부지에 대한 발굴조사가 진행되었다. 그곳에서 조선시대 시전 행랑과 북측 배후의 건물지 유구들이 지표에서 4미터 내외의 깊이까지 분포하고 있는 것이 확인되었다.(조선시대 전기는 지표에서 6미터 이상 내려가는 경우가 많다). 이 발굴을 기점으로 한양 도성의 성곽에 대한 발굴조사와 한양도성 내부에서도 다양한 유적들이 시굴·발굴 조사되었다. 이야기하려는 공평동 유적은 서울시 내에 도시환경정비구역에 위치한다. 최근에 한 시굴 조사에서 토층을 통해 조선시대의 건물지가 세 차례 중복되어 있는 것이 확인되었고, 이어 정밀발굴조사가 진행된 곳이다.

현재 서울의 사대문 안에는 거의 대부분 조선시대 건물지가 있다고 생각하면 된다. 사람들이 거주하기 위해서는 공공건물과 개인 가옥들이 있어야 한다. 하나의 건물을 지으려면 내 땅이기 때문에 담장을 둘러야 하고, 그 담장 안에 건물이 세워지려면 각각의 방들, 주방, 화장실, 대문 등이 만들어진다. 방안에는 방바닥을 따뜻하게 하기 위해 구들장을 넣고, 아궁이에 땔감을 넣어 방을 훈훈하게 했다. 주방 아궁이에는 솥을 걸어 놓게 했을 것이다. 이러한 시설들이 조선시대 건물지와 다른 시기의 건물지를 발굴하면 나오는 구성요건들이다. 특별히 배수로는 물을 밖으로 빼내는 기능을 하기 때문에 매우 중요한 시설 중 하나로 판단하는 기준이다. 서울 공평동 유적

똥토기 실측

서울 공평동 유적에서 발굴된 큰 독. 이 독은 화장실로 이용되었고, 일명 똥토기 라고도 한다.

에서는 조선시대 중기에서 근대까지 이르는 건물지, 아궁이, 배수로 등이 발굴되었다. 특히 주목할 점은 프레독이라고 하는 화장실로 이용된 큰 독이었다.

그리고 임진왜란 이전까지 사용하고 유지되었던 건물지와 동물뼈가 나왔다. 동물뼈는 동그랗게 인위적으로 흙을 파낸 후(고고학에서는 일반적으로 '수혈'이라는 용어를 쓴다) 동물뼈들을 정연하게 놓고 다시 흙으로 매꾸었다. 이걸 고고학 용어로 '매납'이라고 표현한다. 그런데 조선시대에는 사대문 안에서 도축을 할 수가 없었다. 도축을 하더라도 정해진 곳에서만 가능했다. 도축할 수 없는 곳과 도축하면 안 되는 동물뼈들이 사대문 안의 건물지 근처 수혈에서 나온 것이다. 흥미로울 수밖에 없었다. 물론 이런 사례가 없었던 것은 아니다. 그러나 대부분 분석을 하지 않는 경우가 많았고 정확히 보고된 사례도 없어서 무척 아쉬웠던 터였다. 심지어 공평동에서는 동물뼈가 정돈된 형태로 발굴 되었다. 조선시대에 도축은 사대문 안에 지정된 곳에서만 가능했기 때문에 이 점을 고려하면 도축장으로 확인되지 않은 곳에서 수혈을 파고 동물 뼈를 정연하게 매납한 것 자체가 매우 특이한 사례였다. 또 동물고고학적

공평동 유적에서 출토된 동물 뼈

조선시대 전기에 해당하는 층위에서 나왔다. 조선시대에 법령으로는 명백히 금지가 되어 있었지만 모종의 이유로 이 지역에서도 소나 말을 취식하고 그 나머지를 구역 내에 매장한 흔적이다. 조선시대 생활사의 한 단면을 유추할 수 있는 매우 중요한 자료다.

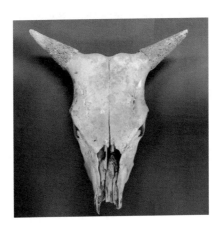

으로도 흥미로운 발굴이었다.

　　　　동물 뼈가 발견 된 조선시대 전기에 해당하는 층
위는 15세기까지의 토층으로 지표에서 약 3.3미터에서
4.5미터 내외 아래에 있다. 유물은 조선시대에 흔히 나오
는 백자편, 분청사기편과 조선시대 기와편들이 나왔는데,
기와편이 출토되었다는 것은 지붕에 기와를 올렸다는 의
미였다. 이것은 당시 관공서 또는 높은 사대부 집일 가능
이 있다는 것을 뜻했다.

고대 건축물 앞에서 고전축가들이 상상의 날개를 달 듯
고고학을 하는 우리는 토층이 품고 있다가 내놓는 이런
비밀스런 물건들 앞에서 흥분한다. 역사의 기록들에 반
(反)하기 때문이다. 당연히 호기심이 분출하고, 이런 경우
그냥 덮어 버리기엔 너무 아까운 유구가 된다. 특히나 수
혈을 정성스럽게 파고 그 안에 동물뼈를 정연하게 매납했
기 때문에 어느 동물의 어느 부위인지도 무척 궁금했다.
도축이 금지된 사대문 안에 동물뼈가 웬말인가. 밝혀내고
싶은 순수한 학문적 호기심으로 아는 선생님들을 통해 무
료로 분석을 해준다는 곳을 찾았다. 서울의대 생물인류학

및 고병리 연구실에서 동물뼈 동정을 분석해준다고 한 것이다. 담당 선생님은 직접 수습하러 오셨다. 유기물은 수습하는 과정에서 오염되기 쉬우므로 장비를 갖춰 입고 수습하는 경우가 많다. 유물을 수습하러 온 서울대 의대 연구실 선생님은 흰 가운과 장갑, 비닐 옷을 챙겨 입고 유물이 오염되지 않게 수습했다. 동물뼈의 종, 부위, 크기 등을 분석하는 데는 시일이 걸린다고 했다. 그러면서 발굴에서 나온 자료를 수습한 건 거의 처음이라면서 연락을 주고, 분석할 수 있는 기회를 줘서 고맙다고 했다. 한우에 대한 연구를 진행하고 있었는데 공평동 발굴을 통해 소뼈가 나와서이 뼈의 DNA검사로 과연 조선시대의 한우를 밝혀낼 수 있는지, 고병리 연구소도 기대를 갖는다고 했다. 그러나 축적된 사례 즉, DNA가 많지 않으니 분석하는데 많은 어려움이 있을 거라 생각했다.

발굴조사 구역은, 영조 27년(1751) 간행된 『도성삼군문분계총록(都城三軍門分界總錄)』에 의하면 중부 견평방 후동계에 속한 곳이다. 18-19세기 고지도 등에는 금부후통(禁府後洞)으로 기록되어 있다. 1729년 의금부도사를 지낸 겸재 정선의 금오계회도(金吾契會圖)에서는 18세기 의금부와 함께 대상지역의 간략한 모습이 확인된다.

동물 뼈가 확인된 수혈과 건물지가 확인된 유구는 조선시대 초기 15세기에 조성된 것이었다. 공평동에는 의금부 등 관공서가 주로 배치되어 원칙적으로는 소나 말 등의 도살이나 뼈의 매장 등은 불가능한 지역이었다. 그럼에도 이 지역은 희한하게도 동물 뼈가 매납된 수혈 유구가 고고학적 발굴 조사에서 여러 차례 확인되었다. 그런데 학계에 제대로 보고되지 않았기 때문에 정리된 결론이 없었던 것이다. 그러니까 서울 사대문 내 공평동 지역 등 관공서 밀집 지역에서 동물 뼈가 질서정연하게 매납된 흔적에 대한 연구는 사실상 최초였다.

우리나라에서 발견되는 동물 뼈는 주로 식용 후 폐기된 동물 뼈가 저습지나 패총과 같은 유적에서다. 최근에는 삼국시대 유적을 중심으로 동물을 도살한 후 질서정연하게 매납하는 사례도 다수 발견되고 있다. 특히 공평동 유적에서 발견되는 동물종인 소와 말의 경우 이러한 매장사례가 많이 발견되고 있는데, 몇 가지 예를 들자면 소의 경우 진주 상촌리 유적에서는 소 한마리를 도살한 후 이를 구덩이에 그대로 매납한 사례가 발견된 적이 있다. 김해 대성동 1호분, 대구 가천동 유적 등에서도 비슷한 사례가 발견 되었었다. 말의 경우에는 고고학계에서 이른바 마묘(馬墓, 말 무덤)나 마갱(馬坑, 말을 묻기 위해 수혈을 파는 것)으로 분류하는 사례가 있을 정도로 해당 동물을 질서정연하게 매납하는 사례가 많이 발견되는데 김해 대성동 고분군 유적 등에서 이러한 사례가 관찰되고 있다.

특히 한반도의 삼국시대와 소·말 매납과 같은 사례는 대부분 고분에서 확인된다. 고분의 주인과 주인이 타던 말을 함께 묻는 경우 함께 발견되는데 이런 형태를 '피장자와 함께 부장되었다'라고 하고, 이는 의례적으로 희생된 것으로 알려져 있다. 그러나 이런 풍습이 고려·조선시대에 들어오면서는 많이 사라졌다. 때문에 이와 같은 경우가 조선시대에 발견된다는 것은 매우 이례적인 일이었다.

공평동 유적에서 발견된 소와 말은 조선시대에 법령으로는 명백히 금지가 되어 있었지만 모종의 이유로 이 지역에서도 소나 말을 취식하고 그 나머지를 구역 내에 매장한 흔적이다. 조선시대 생활사의 한 단면을 유추

할 수 있는 매우 중요한 자료다. 앞으로 서울 사대문 안에서 더 많은 소뼈가 출토되어 분석이 이루어진다면, 과연 '한우'가 존재했는지 알 수 있지 않을까? 나는 '한우'가 언제부터 존재했는지 너무 궁금하다.

인각사 발굴 이야기

    인각사에 대한 본격적인 발굴조사는 1991년 경북대학교 박물관에 의해 이루어졌다. 그러다가 8년 후인 1999년에 중앙승가대학교 불교사학연구소에서 사역 확인을 위한 시굴조사를 실시했다. 1차 학술조사에서 조선시대 대웅전지(현 국사전)를 중심으로 가람배치를 해석하면서, 고려시대 구산문도회 개최 당시 인각사 사세를 반영하지 못하고 대웅전(현 국사전)이 건립되었다.

이후 문화재청과 군위군에서는 인각사의 정비·복원사업을 본격적으로 추진하기 위해 정밀지표조사를 계획했다. 군위군에서는 대한불교조계종 문화유산발굴조사단(불교

문화재연구소 전신)에 정밀지표조사와 향후 학술조사 계획을 의뢰했다. 조사단이 인각사지와 주변 일대에 대한 정밀지표조사를 한 결과 인각사지의 현 사역이 일연 선사 당시보다 많이 축소되었다는 것이 확인됐다.

그 동안 인각사지에 대한 연차발굴(年次發掘)은 산발적이고 부분적으로 이루어졌었는데 이 종합정비계획에 따라 체계적이고 심층적으로 진행하게 되면서 사역을 확인하는 시굴조사(2002년)를 시작으로 2009년 종합정비예정구역 5차 발굴조사까지 진행됐다. 발굴조사에서는 고려시대 일연 스님 재세시 인각사 중심 사역과 통일신라시대 금동병향로, 정병, 향합 및 관련 유구 등이 확인됐다. 2010년 2차 종합정비계획이 수립되었고, 극락전 및 삼층석탑 중건, 임시 전시시설 등이 건립됐다. 그리고 종합정비사업 과정에서 주차장 건설예정부지 토지매입 등의 문제가 발생하면서 보다 현실성 있는 정비계획을 위한 3차 종합정비계획이 2015년에 수립됐다.
2015년 3차 종합정비계획이 수립된 후 6차 발굴조사 대상지는 국사전과 명부전 해체 부지였다. 기존 발굴조사에

공양구 일괄세트 발굴

2008년 탑지로 추정되는 곳에서 공양구 일괄세트가 발굴되었다. 지표에서 약 5센티미터 아래에 청동금고가 발견되었는데, 이 금고 안에는 청동 향합(靑銅香盒), 청동접시, 소형 가릉빈가상 등이 있었다. 청동금고 옆에서는 청동정병, 청동이중합, 청동발(그릇)이 확인되었다. 수습과정 중 추가로 금동병향로(柄香爐), 해무리굽청자(玉壁底) 등도 출토되었다.

국립중앙박물관 특별전 '새 보물 납시었네'에 전시된 인각사 유물들

인각사에서 발굴된 유물들은 2019년 5월 보물 제2202호로 일괄 지정되었다. 그리고 1년 뒤인 2020년 국립중앙박물관에서 개최된 특별전 '새 보물 납시었네'에 일부가 전시되었다.

서는 대상 건물 등이 위치해 발굴조사가 이루어지지 못했던 곳이다. 고려시대 금당지 동쪽 익채(명부전)와 목은 이색의 『무무당기(無無堂記)』에 식당이 위치했던 것으로 추정되는 구역(국사전)이었다. 발굴조사에서는 고려시대부터 조선시대까지 유지 되었된 것으로 추정되는 건물지 6기를 포함해 우물지 2기, 배수로와 인각사의 고려시대 사역 우측 경계 담장석렬 등이 확인됐다.

인각사 발굴은 1993년부터 2022년까지 아홉 차례에 걸쳐 진행됐다. 그리고 2023년에도 이어 진행할 예정이다. 일연 스님의 하안소로 알려져 있는 인각사는 고려시대 유구를 중심으로 조사를 했던 곳이다. 그러나 고려시대보다 통일신라시대에 사찰의 규모가 컸고 격이 있었다는 것을 알게 됐다.

　　　　2008년 10월이었다. 탑지로 추정되는 곳에서 공양구(供養具) 일괄세트가 발굴이 됐다. 공양구는 불교의식의 하나로 한자 그대로 풀이를 하자면, 이바지할 공(供), 진휼할 양(養), 갖출 구(具)로 공물을 올리는 도구를 의미한다. 공양구 일괄세트는 승탑지로 추정되는 유구조사 중

지표에서 약 5센티미터 아래에 청동금고가 발견되었는데, 이 금고 안에는 청동 향합(靑銅香盒), 청동 접시, 소형 가릉빈가상 등이 있었다. 청동금고 옆에서는 청동정병, 청동이중합, 청동발(그릇)이 확인되었다. 수습과정 중 추가로 금동병향로(柄香爐), 해무리굽청자(玉璧底) 등도 출토되었다.

이 유물들이 중요한 이유가 있다. 공양할 때 사용하는 도구 즉 향로, 화병, 촛대, 다기 등의 통일신라시대 공양구(供養具)가 처음으로 일괄 출토 되었기 때문이다. 게다가 이 유물들의 형태가 당나라 신회승탑에서 나온 유물과 매우 일치했다는 점에서도 의미가 컸다. 당대 신회화상이 입적한 시기가 758년이므로 이전에 사용했던 유물이고 선종에서 사용했던 것임을 알 수 있는 중요한 유물이었다. 즉, 인각사에서 출토된 유물은 통일신라시대 선종이 들어온 시기와 관련해서 매우 중요한 자료다. 일본과 중국에서도 유사한 유물이 나타나고 있기 때문에 일본, 중국, 한국과의 국제적인 문화교류까지 밝힐 수 있는 자료로 매우 가치가 큰 것이다.

군위 인각사 발굴조사 현장설명회

인각사는 고려시대 일연 스님의 하안소로 지정되면서 사세를 확장한 것으로 추정되었으나 발굴조사를 통해 통일신라시대부터 상당한 규모의 사찰이었음이 밝혀졌다. 또 수습된 유물 등을 통해 고려시대보다는 통일신라시대 사찰의 규모가 크고 격이 있었다는 것도 알 수 있었다.

군위 인각사는 국가 사적 제374호이다. 경상북도 군위군 화북리에 있다. 인각사 주변의 지세는 남쪽으로는 속칭 절뒷산으로 불리는 화산의 지맥이 뻗어 있다. 북쪽은 인각의 전설을 가지고 있는 학소대와 옥녀봉이 높은 단애로서 가로막고 있다. 인각사의 유래는 『읍지(邑誌)』와 『동국여지승람(東國輿地勝覽)』에서 찾을 수 있는데, 기록에 의하면 "기린이 인각사 북쪽에 있는 높은 절벽에 뿔이 걸렸다"라고 해서 인각이라는 이름으로 불려졌다고 한다. 이 기린의 뿔이 인각사의 동–서로 흘러내린 산자락으로 보아도 무방할 것으로 추정된다.

인각사는 산을 등지고 물을 바라보는, 전형적인 배산임수(背山臨水)의 입지에 있다. 남쪽으로는 해발 363.9미터의 뒷산이 있고, 북쪽으로는 356미터 봉우리가 산머리를 내밀고 있다. 그리고 그 끝은 단애 절벽이 병풍처럼 펼쳐져 있다. 이곳이 바로 많은 백학들이 둥우리를 치고 서식했다고 해서 학소대(鶴巢臺)라는 이름이 붙여진 곳이다. 그 아래로 고로면 학암리·약전리에서 발원해서 내려오는 위천(胃川)이 흐른다.

1963년 제작된 인각사 중수기 현판에 의하면 선덕여왕 11년(642) 의상대사에 위해 창건된 것으로 알려져 있으며, 보각국사 탑비(1295년제작)에 고려 충렬왕 10년(1284) 일연 스님의 하안소로 지정되면서 전국의 선종계 스님들이 모이는 구산문도회를 두 번이나 개최할 정도로 성세를 누렸다.

그러나 발굴조사 결과, 통일신라시대에도 상당한 규모의 사찰이었음이 밝혀졌다. 또 수습된 유물 등을 통해 고려시대보다는 통일신라시대 사찰의 규모가 크고 격이 있었다는 것도 알 수 있었다.

인각사 출토 유물은 신회선사탑(神會禪師塔)에서 출토된 숟가락이나 젓가락 등의 생활용구가 확인되지 않은 것으로 보아 당시 사찰에서 사용했던 매우 중요한 공양구와 의식구 등을 매납했던 것으로 판단된다. 금동 병향로와 청동 정병은 출토 위치가 명확한 발굴유구에서 출토되었다는 점에서 의미가 크다. 중국, 일본, 한국의 자료들의 비교 검토를 통해 볼 때 당시 동아시아와의 국제적인 문화 교류가 있었다는, 중요한 증거가 되었기 때문이다. 이것은 또 통일신라시대 인각사의 위상을 확인할 수 있는 대

인각사 발굴을 통해 출토된 유물들은 이후 보물로 지정되었다.

이 유물들이 중요한 이유가 있다. 공양할 때 사용하는 도구 즉 향로, 화병, 촛대, 다기 등의 통일신라시대 공양구(供養具)가 처음으로 일괄 출토 되었기 때문이다.

목이기도 하다.

유물들은 2019년 5월 보물 제2202호로 일괄 지정되었다. 그리고 1년 뒤인 2020년 국립중앙박물관에서 개최된 특별전 '새 보물 납시었네'에 일부가 전시되었다.

앙코르 유적지와의 인연

———

     캄보디아가 자랑하는 도시의 사원 앙코르와트. 코로나가 종료되기 전인 지난 해 가을, 나는 그곳엘 다녀 왔다. 두 번째 방문이었다.

     현재 캄보디아의 앙코르 유적지에는 세계 여러 나라에서 파견한 발굴과 건축 복원·정비 등의 문화재 관계자들이 들어가 있다. 우리나라에서도 한국문화재재단 연구원들이 파견되어 있다. 이곳을 2019년과 2022년에 각 임기의 대통령이 전격 방문하면서 앙코르는 한국인들에게 한층 더 가까워진 유적지가 됐다. 이 현장에서의 발굴 조사와 복원·정비를 외교부 산하 KOICA 사업으로 한국문화재재단이 수행하고 있어서다. 최근 언론에도 많이 노출되고 있는 ODA사업의 일환인데 ODA는 Official Development Assistance의 약자로, 해석하면 '공적개발원조'이다. 곧 수익 사업이 아니다. 선진국이 개발도상국의 발전을 목적으로 하는 일종의 원조 개념으로 유네스코 등의 국제기구들이 관리 감독을 하고 있다. 우리나라는 한국전쟁 이후 국제 원조를 받던 수원국이었다가 원조를 하는 공여국으로 전환된 첫 번째 나라다. ODA는 도로·학교·병원 등을 건설하였지만 최근에는 문화유산과 관련하여 많은 사업들을 진행하고 있다.

우리나라의 캄보디아에서의 ODA사업은 2010년에 처음 진행됐다. 앙코르 유적인 프레아피투 복원·정비 사업이 2015년부터 2018년도까지 1차 사업으로 진행되었고, 현재는 2차 사업인 프레아피투 사원과 코끼리테라스 보존 및 복원 사업이 진행 중이다. 앙코르 유적지에서의 문화유산 복원사업은 우리나라 외에 프랑스, 일본, 미국, 독일, 인도, 중국 등의 국가들이 진행하고 있는데 대부분 대한민국보다 선발주자다. 프랑스는 1907년, 일본은 1994

년, 중국은 1997년부터 복원·정비사업을 시작했다. 그러나 현지에서의 평가는 사업 시작 시기와 비례하지 않는 것 같다. 대한민국 팀에 대한 평가가 상대적으로 많이 우호적이다.

그러니까 2018년 대전의 관계기관에서 교육을 받고 있을 때였다. 점심 식사 후 나른해서 커피 한 잔 앞에 두고 쉬고 있는데 전화가 한 통 걸려왔다.

"김선 선생님, 제가 캄보디아 ODA에 고고학 전문가로 선생님을 추천했습니다."

ODA라…. 당시에는 ODA에 관한 정보가 많지 않던 터라 ODA 뒤에 붙은 '추천'이란 말에 무한 부담이 밀려왔다. 일단은 이력서와 경력서가 필요하다고 해서 급하게 작성을 해서 KOICA에 서류 접수를 했다. 이후 나는 고고학 전문가 자격으로 심층기획조사단에 합류하게 됐다.

2018년 캄보디아에 도착한 심층기획조사단은

첫날 KOICA 캄보디아 사무소 소장님으로부터 진행 중인 사업에 대한 전반적인 이야기를 전달받으며 국내선을 타고 프놈펜에서 시엠립으로 이동했다.

조사할 대상지는 캄보디아 앙코르 톰 내에 위치한 프레아피투 좀사원과 코끼리테라스였다. 발굴 및 보존과 복원에 대한 타당성을 검토하는 일이었다. 프레아피투 좀사원과 코끼리테라스를 어떻게 조사하고 복원할 것인지, 사회적 가치와 기대효과까지 고려해야 했다. 가장 중요한 것은, 우리의 기술력을 현지인들에게 교육하고 육성해 지속 가능하도록 도모하는 일이었다.

당시 프레아피투 사원은 유적지 내의 나무들과 상가들로 인해 눈에 띄지를 않았다. 회의는 압사라 청장, 부청장, 국장들 및 직원들과 면담 형식으로 진행되었다. 조사 기간 내내 매일 매일이 회의의 연속이었다. 회의가 끝나고도 조사단은 오후 늦게 다 함께 모여서 보고서 작업을 진행했다. 현장에서의 회의 분위기는 다소 삭막했다.

답사로 다져진 인생, 며칠 동안만 지내다 귀국할 조사단은, 그래도 일만 하고 귀국하기가 못내 아쉬웠

앙코르 와트

앙코르와트는 메루 산의 다섯 봉우리를 나타낸 중앙의 5개 탑과 1, 2층의 회랑으로 구성되었으며 3.6킬로미터의 외벽이 직사각형 모양으로 조성되었고 해자가 이를 둘러싸고 있다.

다. 우리 일행 중 일부는 피곤을 무릅쓰고 마지막 날 새벽 4시에 기상했다. 그리고 관광 전략 분야 전문가 선생님과 툭툭이를 타고 앙코르와트로 향했다. 새벽 일출이 멋지다는 정보를 듣고, 해가 뜰 때까지 기다린 보람은 충분했던 것 같다. 그러나 날이 흐려서 해는 볼 수 없었다.

앙코르와트는 메루 산의 다섯 봉우리를 나타낸 중앙의 5개 탑과 1, 2층의 회랑으로 구성되어 있으며 3.6킬로미터의 외벽이 직사각형 모양으로 조성되어 있고 해자가 이를 둘러싸고 있다. 동-서를 잇는 축을 기본으로 설계되었다. 물이 가득한 곳을 해자라고 하는데, 해자는 외부의 적으로부터 사원을 보호하기 위하여 설치한 경우가 대부분이다. 이 해자는 폭 190미터, 둘레 5킬로미터 규모로 앙코르와트의 외벽에서 30미터 떨어진 곳에 있다.

앙코르와트는 대표적인 크메르 건축이다. 외벽은 사암이고 사암의 안쪽에는 주로 라테라이드를 활용해 축조했다. 건축학적으로 앙코르 양식은 끝이 뾰족한 탑, 통로를 넓히기 위해 지은 회랑, 사원의 중심축을 이루는 십자회랑 등으로 구성되었고 거기에 장식은 힌두교의 무희이자 여신들인 압사라, 부조, 힌두교 신들이나 영웅 등을 조각했다. 중앙사원은 기단 위에 세워졌는데 크게 3층으로 이루어져 있어 위로 올라갈수록 높아지고, 마지막 3층에 중앙탑이 있다. 가장 많은 관광객들이 오고 가는 곳이다.

나는 해자 또는 앙코르 유적을 감싸는 물과 관련해서 수원지가 궁금해 돌아봤다. 앙코르의 씨엡립강은 쿨렌고원의 끄발스피안(Kbal Spean:Brige Head)이라는 의미가 있는데, 일반적으로 "천개의 링가가 흐르는 강"이라고 알려져 있다. 이곳에는 폭포가 하나 있다. 고대 크메르인들 시엠립강의 수원지 즉, 시작점으로 보고 있는 폭포다. 또 쿨렌산 계곡 바닥과 끄발스피안에는 수많은 링가가 조각되어 있는데, 수원지의 바위에 링가를 조각함으로써 신성한 물이 앙코르 전역에 흐르게 했다. 이 물을 마시고 씻고 함으로써 스스로 신성해지려는 믿음이 반영된 것 같다. 그렇다면 이곳이야말로 불국토가 아닌가.

짧은 시간 안에 돌아보자니 발이 바빴다. 8시까지 숙소에 도착해야 해서 일행은 급히 바이온 사원으로 이동했다. 내가 주로 답사를 다닐 때 주의 깊게 보는 것 중 하나는 배수 체계와 우물이다. 국내의 경우 사지를 조사할 때 주

바이욘사원

앙코르 유적 중에서도 관광객들에게 가장 유명한 사원 중 하나로 꼽힌다.

안점은 물이다. 우물이 있는지, 냇가가 있는지, 주변에 계곡이 있는지가 중요하다. 그래서 사원에 가면 늘 배수를 눈여겨 본다. 발굴조사 후 정비된 유적지인 파주 혜음원지, 양주 회암사지, 강화 선원사지의 뛰어난 배수 체계는 두고두고 리스트에 올려 사례를 드는 곳들이다. 연구자료 욕심에 이곳 사원의 전체적인 배수 체계를 살펴보면 일부이긴 하겠지만 인도, 캄보디아, 한국의 배수 체계를 비교할 수 있겠다 싶어서 둘러본 후 숙제로 안고 왔다. 아직 논문으로는 확장되지 못한 요원한, 그야말로 숙제다.

　　캄보디아에서의 일정 중 취침시간 외 앙코르와트와 바이욘을 둘러본 네 시간을 제외하면 거의 현장 회의와 조사 업무에만 올인을 했는데도 그걸로 끝이 아니었다. 일정 후 한국에 돌아와서도 보고서를 끝마쳐야 해서 조사단은 매 주말에 줌으로 모여 회의를 하고 새벽까지 이어진 토론을 통해 보고서를 작성했다. 그리고 몇 달 후, 캄보디아 압사라청과 한국의 KOICA가 RD를 채결했다고 한국문화재재단을 통해 전달받았다. RD(Record of Discussion)는 일종의 협약서로 심층기획조사단의 조사 후 몇 달 뒤 캄보디아와 대한민국 간 앙코르유적 2차 사업을 위한 협약서가 체결되었다는 것을 의미한다.

문화유산ODA는, 타국의 문화에 투자하고 도움을 줄 수 있는 수준까지 올라섰다는 대한민국의 놀라운 성장을 보여준다. 이렇게 실용적인 투자를 통해 다양한 전문가들의 투입되고 광범위하게 쌓인 노하우를 공유한다면 ODA를 통한 문화의 뚜렷한 성장뿐 아니라 인류의 문화유산 보호와 국가간의 협력과 외교에도 도움이 될 것은 물론이다. 음과 양으로 고생하는 다양한 전문가들을 마음 깊이 응원하는 시간이었다. 그런 의미에서 이 사업에 조금이라도 참여할 수 있게 된 일 또한 개인적으로 무척 감사했다. 아주 작게나마 각자의 역량으로 ODA사업에 관여한 일에 좋은 결과를 받아냈으니 조사단 구성원들도 모두 기뻐했고 함께 뿌듯해 했다.

그리고 4년 후인 지난 해 가을에 캄보디아를 다시 방문했다. 이번에는 1차 사업에 성공으로 이어 허가된 2차 사업이 잘 진행되고 있는지 중간평가를 하기 위해서였다.

코끼리테라스

캄보디아 앙코르 톰 내에 위치한 코끼리테라스. 현재 대한민국 한국문화재재단에서
파견한 연구원들이 복원 중이다.

단양 용부원리사지 단상

단양 용부원리 사지는 충청북도 단양군 대강면 용부원리 40-3번지 일원에 있다. 단양군은 구석기시대부터 사람들이 삶의 터전으로 삼기 좋은 입지조건을 갖추고 있었다. 남한강 물줄기를 이용한 수운의 편리함과 전략상 요충지로 주민의 유입·정착 과정을 통해 문화적인 복합성을 띠면서 역사를 전개해 왔다. 사명은 보국사지로 알려져 있다. 현재 석불입상이 연화대좌(불상의 서있거나 앉아 있는 곳에 연꽃무늬의 대좌)위에 세워져 있고, 그 외 석축(돌로 쌓아 만든 시설물로 흙이나 돌들이 무너지지 않도록 쌓은 것), 치석재(사람이 손으로 다듬은 흔적의 석재) 등이 지표에 노출되어 있다.

용부원리사지 석불여래입상

용부원리사지는 발굴 조사를 통해 통일신라시대 초축 되었던 것으로 드러났다. 사명은 보국 사지로 알려져 있으며, 현재 석불입상이 연화대좌 위에 세워져 있다. 그 외 석축, 치석재 등이 지표에 노출되어 있다.

용부원리사지는 죽령 고개에 위치해 있다. 죽령 산성 및 신기산성 등의 관방시설이 주변에 위치해서 사찰의 종교적 기능과 함께 국방 및 교통과 관련한 기능이 결합된 원관사찰로 판단된다. 관방시설은 군사시설로 변방에 방비를 위해 설치한 곳을 의미하는데 강화도에 많다. 원관사찰은 여행자들이 쉬어갈 수 있게 숙박시설 등을 갖춘 사찰이었다. 우리나라에서는 파주혜음원지가 대표적이다.

삼국사기(三國史記)에 '아달라왕 5년(158) 3월 비로소 죽령 길이 열리다'라는 기록에서 '죽령'이라는 지명이 처음 나오는데, 같은 책 효소왕대 죽지랑조에 술종공(진골출신으로 죽지랑의 아버지, 삼국시대 신라의 대등, 삭주도독 등을 역임한 귀족)이 지금의 춘천에 해당하는 삭주 도독사로 죽지령을 넘을 때 길을 닦는 거사를 만나고 이를 기리기 위해 무덤 앞에 돌미륵 한 구를 설치하였다고 한다. 이후 술정공은 태어난 아들의 이름을 죽지랑으로 지었다는 기록 등이 있다. 또한 죽령은 삼국시대부터 경주에서 북쪽으로 이동하는 주요 교통로임이 확인됐다.

용부원리사지는 발굴 조사를 통해 통일신라시대 초축 되었던 것으로 드러났다. 고려시대 재건된 석실형 건물지를 포함해 건물지 7동과 담장지 및 암거형 배수(눈에 띄지 않게 물이 흘러서 빠져 나가게 설치한 배수시설)로 등이 확인되었다. 특히 현재 경작이 이루어지고 있는 4구역에서는 통일신라시대부터 고려초기까지 운영된 건물지와 암거형 배수로, 담장지가 확인되었다. 조사결과 확인된 건물지는 평지형의 중정을 중심으로 한 가람배치 구조보다는 자연지형에 맞춘 건물배치 구조가 확인됐다. 가람은, 불교건축에서 쓰는 용어로 사찰 또는 사원을 의미한다. 가람배치는 불교건축에서 성격을 나타내는 배치 방식으로 금당·탑·회랑·중문·종루 등이 가람에 반드시 있어야하는 불교건축 요소다. 이러한 건물배치 특성은 단양용부원리 사지가 죽령옛길과 관련된 입지적 특성을 반영한 것 같다.

유물은 '官'자명 기와편과 화살촉, 생활용 토기편 등이 다수 나왔다. 토층분석과 유물, 유구 분석을 통해 용부원리사지는 통일신라시대에 창건되어서 고려시대 말까지 사찰이 운영된 것으로 보인다.

2018년 12월 11일, 단양 용부원리사지 발굴조사 학술자문회가 있던 날이었다. 학술자문회의는 발굴현장이 어느 정도 마무리되어 가는 시점에 유적에 대해서 많은 것을 아는 교수님, 학자 등 2-3명이 참관한 가운데 발굴단이 현장에 대하여 설명하는 자리다. 회의에서는 현장의 차후 발굴을 더 할지, 복원을 할지, 정비를 할지, 공사를 진행할지 등등의 의견을 제시해 준다. 그런데 이날 자문회의가 시작 전인 9시부터 눈이 발이 날리기 시작하더니 11시가 되니 현장은 그야말로 설국이었다.

브리핑을 마치고 자문위원들, 군청직원들, 향토사학자들 등과 함께 대강면 커피숍에서 논의를 마치고 점심식사를 하려고 하는데, 이동 도중 우리가 탄 차가 그만 빙판길에 미끄러지고 말았다. 여러 선생님들을 태운 차량도 미끄러졌다. 아니나 다를까 점심식사 때 인부 어르신들 차량이 낭떠러지에 걸렸다는 연락을 받았다. 죽령 고개에 차를 대놓고, 현장까지 걸어서 부랴부랴 갔더니 정말 차량이 아슬아슬하게 미끄러져 걸려있었다. 어르신들 반은 정신이 없어 우왕좌왕 중이었고, 그야말로 아수라장이 따로 없었다. 병원에 안 가도 되겠느냐고 여쭈니 그 정도는 아

눈길

니라고 하며 바로 뒤에 있는 반장님 차량에 쌓인 눈을 치우고, 근처 땅을 파서 모래를 뿌리고, 면사무소 가서 염화칼슘을 받아 죽령 고개까지 올려왔다. 꼬박 2시간이 걸렸던 것 같다. 폭설로 낭떠러지에 걸린 차량을 구제할 견인차도 올 수 없는 상황이었다. 할 수 없이 팀 막내 연구원이 어르신 네 분을 안동까지 모셔다 드리기로 했다. 어르신들을 모셔다 드리는 연구원을 제외하고 남은 우리 팀의 세 명은, 차가 없으니 걸어서 죽령 고개를 내려가야 했다. 그렇게 1시간 30분 이상 눈길을 걸었더니 단양 IC가 보였

눈길

현장에서는 다양한 일들을 경험하지만 단양 용부원리사지 발굴조사 학술자문회가
있었던 그런 날은 그 이전에도 이후에도 경험하지 못한 날이었다.

다. 사물이 3~4개로 겹쳐 보이기 시작하더니 바닥도 잘 안 보이고 내 발이 땅을 딛고 있는지도 실감이 안 났다. 어지럽기도 했다. 어느덧 눈발도 많이 소강상태가 되어 택시를 불렀다.

그날의 하루는 종일 걷기만 했다. 다리가 너무 피곤해 씻으려는데 입안이 찝찔해 뱉으니 붉은 피가 한웅큼 쏟아졌다. 그 즈음, 안동에 갔던 막내 연구원이 어르신들을 안동터미널에 모셔드리고 단양에 5분 이내에 도착한다고 연락을 해왔다. 폭설을 뚫고 죽령고개를 넘은 우리도 우리지만 막내의 고생이 많았던 날이었다. 저녁을 먹으로 나가는 길, 우리는 다같이 시원하게 맥주를 한잔 하자고 했다.

현장에서는 많은 일을 다채롭게 경험하지만 단양 용부원리사지 발굴조사 학술자문회가 있던 날 겪은 일들은 처음이었다. 그런 와중에도 눈길을 헤쳐내려오면서 기념을 위해 셀카를 찍었는데, 표정은 해맑았다.

자연사박물관의 축소모형이 옳다면 이미 300만 년 더 이전에 가부장제가 자리잡았다는 것이며, 이 축소모형을 제작한 예술가와 큐레이터는 모두 남성이었다는 얘기가 된다. 남성은 크고 여성은 작았다라는 가설은 맞는 것일까? 어머니 혹은 아버지와 10대 자식이 남긴 것은 아니었을까? ●

PART 2

우리가 알아야할 고고학

고고학에 옛 고는 뒤에 들어간다

　　과거를 연구하는 여러 학문들이 있지만 고고학
만큼 대중에게 호기심을 끌고 매력 있는 분야도 없을 것
같다. 최근에는 다양한 대중매체를 통해 접근성 있게 전
달되고 있는 추세다. 그런 흐름 속에서 트로이나 투탄카
멘, 진시황릉, 중도유적, 남원 실상사 유적 등은 전세계적
으로 주목받은 고고학적 발견이었다.
그러나 이런 고고학적 발견이 화려한 유물이나 유구를 통
해 외형적으로 보여지는 자료들에 가려져 어떤 과정을 통
해서 발굴이 이루어지고 있는지에 대해서는 제대로 알려
지지 못했다. 어쩌면 대중들은 거기까지 알고 싶어 하지

않는지도 모르겠다.

고고학은 유물과 유적을 발굴함으로써 자료를 분석하고, 문화적 의미를 파악하고 복원하는 학문이다. 그러나 고고학자는 유물과 유적을 찾기 위해 노력은 하되 발굴만이 궁극적인 목표는 아니다. 화려하고 예술성이 뛰어난 자료뿐만 아니라 깨진 토기 조각이나 자기에도 큰 의미를 부여하는 것이 고고학이기 때문이다. 그래서 몇몇 유물들만 주목받는 현실이 못내 아쉬울 때가 많다.

　　　발굴은, 최첨단 기계를 이용해 이루어질 것으로 생각하지만 대부분 삽과 호미, 흙손 등의 기본 장비와 사람의 손에 의해서 이루어진다. 물론 최근에는 드론, 3D 등을 이용해 유적을 복원하고 있다. 기록에도 큰 도움을 받고 있는 건 물론이다.

고고학은 땅속에 묻혀 있는 과거의 물질 자료들을 통해 당시의 문화를 규명한다. 이론과 방법론을 통해 과거의 문화를 유추하고, 파악하고, 기록하는 총체적인 학문이다. 물질자료가 있을 만한 곳을 찾고, 땅속에 있는 자료를 발굴하고, 발굴과정을 기록하고, 여러 특징들을 관찰하는 방법을 통해 얻어진 자료를 분류하고 분석하는 종합적인 학문이다.

　　　이런 일을 하고 있는 나는 여전히 자기소개가 부끄럽다. 특히 새로운 사람들을 만날 때, 직업을 물어 보거나 직업을 이야기할 때 그렇다. 어느 때는 "노동자입니다"라고 하기도 한다. 고고학자, 발굴이라는 단어가 사람들에게 환상을 주는 단어이기는 한 것 같다. "저도 역사 좋아해요", "중·고등학교때 국사 잘했어요"는 일상적인 인사가 됐다.

언젠가 지인으로부터 소개받은 어르신에게 "발굴하는 김 선입니다"라고 인사드렸더니 "고고학자 처음 봐요"라고 해서 당황한 적이 있다.

"옛 고는 앞에 들어 갈까요? 뒤에 들어 갈까요?"

"앞에요!"

"여러분 다 틀렸어요, 뒤에 들어가죠."

대입 면접 때 고고학 교수님의 질문이었다. 옛 것을 생각하는 학문이 '고고학'(考古學)이라는 걸 알려주시고 싶었던 걸까?

대학원생으로 보이는 선배가 면접 대기실에서 달달 떨고 있는 우리를 보며 말했었다.

"다들 인디아나 존스를 꿈꾸고 왔겠죠?"

"네!"

"인디아나 존스는 도둑놈이예요. 영화 '고인돌 가족'을 봐요. 그게 더 우리 고고학과에서 배우는 것과 유사해요."

대학교의 흔한 면접 대기실 풍경이다. '고인돌 가족'이라 함은 세기의 미녀 엘리자베스 테일러가 주연한 흑백영화라는 거밖에 모른다. 인디아나 존스를 꿈꾸는 우리의 꿈을 무참히 밟아 버렸던 나쁜 선배님. 그런데 나도 특강할 때 고고학하면 제일 먼저 떠오르는 이미지가 무엇이냐고 질문한다. 그럼 대부분 '인디아나 존스'나 '툼레이더'가 떠오른다고 대답한다. 그런데 많은 사람들이 모른다. 고고학으로 뜬 인디아나 존스는 정작 문화재계 사람들에게는

'보물 사냥꾼'으로 불리는 인물이다.

　　고고학 즉 발굴은, 나라에서 자격을 부여받은 사람들이 허가된 현장에서 조사를 진행하게 되어 있다. 그래서 필드고고학자는 우리나라 문화재의 전반적인 유적과 유물을 관리·보호·지정과 발굴조사 허가를 해주는 문화재청에 등급별로 등록이 되어 있다. 이들은 경력과 학력 등으로 등급이 나뉜다. 발굴기간과 예산이 타당한지, 조사 인력이 합당한지 확인 후 허가를 받고 문화재 조사를 진행해야 하는 일이다 보니 남의 나라에서 하는 발굴조사는 더욱더 엄격할 수밖에 없다. 그런데 알려진 바와 같이 인디아나 존스는 이와 무관했다.

혹여 억울해할 인디아 존스를 대변하자면 그는 여러 명의 캐릭터가 조합된 인물이었다는 것이다. 19-20세기는 열강제국들이 식민지를 조사한다는 명목 아래 보물을 캐듯이 유적을 발견했고, 거기서 나온 유물을 자국으로 가지고 갔던 시절이다. 그리고 그는 여러 캐릭터가 합쳐져 만들어진 인물이다. 그중 한 사람이 하버드대학 교수인 램든 워너다. 그는 중국의 실크로드 돈황 막고굴을 조사한 인물로 유명했다. 그런데 랜든 교수는 돈황 막고굴 안의 유물들이 이미 다른 열강의 탐험대가 가지고 간 후에 조사를 하게 되면서, 돈황에 있는 벽화를 떼어 가기 위해 검증되지 않은 방법을 이용했다. 벽화 26개는 깨졌고, 6개만 남았다. 이 일은 실패한 고고학 조사로 남아서 현재 중국에서는 최악의 문화재 파괴 현장으로 이 사례를 보고하고 있다. 하버드대학교 박물관에 소장된 막고굴 328호 관음보살상은 당시 유물을 매매를 통해 가지고 가서 전시를 했고, 하버드에서는 막고굴 발굴을 잘 했다고 전시하지만 랜든이 막고굴을 파괴했다는 자료는 어디에도 없다.

덧붙이자면 인디아나 존스의 영화 장면 중 중국 상하이에서 주인공과 만주족이 누르하치 유골을 거래하는 장면이 있다. 그런데 고고학 교수가 장물을 흥정하고 판매하는 것도 매우 불법적인 행위다.

      고고학과 관련해 대중적으로 잘못 이미지화된 사례가 또 있다. 토피(topee)다. 토피의 사전적 의미는 둥근 크라운에 챙이 아래로 처진 모자이다. 주로 열대 지방에서 태양열로부터 얼굴을 보호하기 위해 만들어진 헬멧 스타일의 모자다. 피스(pith) 또는 피스 헬멧(pith helmet)이라고도 부른다. 일반적으로 필드고고학이라고 하면 고고학자들이 이런 모자 복장을 한 모습을 많이 연상하고, 수많은 포스터에 사용하기도 하는데, 이 모자는 '식민지시대' 또는 '식민주의'를 연상케 하는 상징물이기도 하다. 유럽식민주의의 물리적 또는 문화적 첨병이었던 군대나 탐험가 등이 아프리카나 동남아 등지에서 활동할 때 썼던 것이다. 그러나 최근의 고고학자 등 야외활동을 하는 전문가 집단에서는 이 모자를 더 이상 착용하지 않고 있다. 앞에서 말했듯이 상징적 의미에서 문제가 많기 때문이다. 2018년 도널드 트럼프 전 미국대통령의 부인 멜라니아가 가나, 케냐, 이집트 등 아프리카를 순방하면서 이 피스 헬멧을 착용했다가 이를 비판하는 글이 영국의 가디언지에 실리면서 국제적인 가십이 되기도 했었다.

　　가끔 티브이에서 답사나 현장을 이끌어 가는 주최자가 이런 피스 헬멧을 착용한 모습을 종종 보는데 이는 잘못된 식민주의의 상징물임을 인식할 필요성이 있다.

유물에도 주소가 있다

"1920년대 경기도 팔당에서 고기잡이를 하고, 봄나물과 참기름을 팔아 생계를 잇던 노부부가 있었다. 어느 날 할머니가 야산에서 나물을 캐다가 흰색 병을 발견했다. 목이 길어 참기름을 담기에 안성맞춤인 병이었다. 할머니는 필요할 때마다 그곳에서 병들을 주워 참기름병으로 사용했다. 할머니가 병을 발견한 곳이 바로 조선시대에 왕실용 자기를 생산했던 사옹원 분원 가마터였다."

최근 문화재청에서 발간한 '유물과 마주하다 – 내가 만난 국보·보물'에 나오는 대목이다.

문화재에 대한 인식이 달라져서인지 100년 사이 우리 주변에는 흔한 토기 조각 하나에도 기대를 걸고 물어오는 사람이 많아졌다. 발굴 현장에서야 두말 하면 잔소리다.

인각사를 발굴하던 때의 일이다. 그 주변에는 인각사와 와요지만 있는 게 아니어서 주변을 조금만 돌아보면 와편과 구석기 유물, 그리고 통일신라시대 고배도 있었다. 하루는 동네 어머님 한 분이 구깃구깃한 신문지에 뭔가를 싸 가지고 오셨었다. 풀어서 보니 고배의 배신이었다. 대각은 최근에 깨진 흔적이 보였다.

"우리 집 뒷동산에 이런 게 널렸어요. 이게 뭐예요?"

아저씨가 캐다가 톡 건드려서 일부가 깨졌다고 했다. 논에는 돌로 네모나게 만든 게 있는데 그 안에서 다과에 찍어 놓는 꽃문양 같은 게 있어서 예쁘길래 깨끗하게 닦아 났더니 누가 가지고 갔더란다.

어머니 말씀을 다 듣고 종합해보니, 어머니 논밭에는 석곽무덤이 있었다. 그리고 그 안에 부장품으로 인화문 토기가 있었던 거다. 그 외에도 손잡이가 결실된 컵도 있었던 것 같고, 돌인지 청동인지 재질은 모르겠지만 예쁘게 아주 잘 마연 된 돌도끼도 있었던 모양이다. "다음에 한 번 인각사 오실 때 가지고 오세요"라고 했다. 그런데 내 얘기를 다 듣고 난 그 어머님이 갑자기 "예전에 어떤 교수님이 이 유물을 보더니 손잡이가 짧았으면 가격이 올라갔을 거라고 했어요."라고 하는 것이다.

현장에 있을 때 동네 분들이 유물을 가지고 와서 그게 돈이 되는지, 얼마인지, 팔아도 되는 건지 물어오는 경우가 종종 있다. 그러면 우리는 그냥 이건 어느 시대네요, 이름이 뭐네요, 가격은 저희도 몰라요, 팔지말고 그냥 가지고 계시거나 나중에 신고하세요, 정도로만 이야기 한다. 거기까지다. 가격이 얼마일 거고, 뭐가 있으면 돈을 좀 더 받겠다는 식의 말은 지양해야 할 말들이다.

　　발굴 현장에서 어르신들에게 초석이 뭔지, 기단이 뭔지 설명 드릴 때가 많다. 그건 그분들이 발굴을 도와주면서 의미 없는 일을 하는게 아니라 역사적으로 남을 일들을 하고 계신다는 자부심을 드리기 위해서다.

인각사에서의 그 날 일은 표시는 안 했지만 많이 불쾌하기도 했었다. 그 어머니한테서가 아니라, 가격 운운하셨다는 그 교수님께. 전문가가 뱉은 의미 없는 말들, 혹은 농담들도 모두 기억하시는 분들에게 본인이 기억도 못할 말들을 쉽게 뱉지 않으면 좋겠다. "발굴하는 사람입니다"라고 자신을 소개하면 열 명 중 아홉 명은 이렇게 물어 본다. "금딱지들 나오면 어떻게 해요?", "금귀걸이 나오면 하나 가지고 와.", "팔면 얼마 돼요?" 물론 구구절절 설명하지 않는다. 그저 "사진 찍고 위치 확인한 후 수습합니다. 그거 가지고 와서 뭐 하려구요"라고 대답한다.

유물은 출토된 위치가 정확할 때 그 가치가 높다고 판단한다. 금귀걸이, 금목걸이, 금동신발, 금동불상의 출토 위치가 명확하지 않은 것보다 발굴을 통해서 정확한 지역과 위치와 층위가 확인되어 유구의 성격과 유물의 성격, 시대가 명확해야 큰 의미가 있다고 판단하기 때문이다. 쉽게 말하면 유물에는 주소가 있는 것이다. 가령, 남원 실상사 출토 철검, 군위 인각사 출토 병향로, 삼척 흥전리 사지 출토 청동 인장처럼.

현장에서 대부분의 조사원들은 발굴에서 출토된 유물들

을 욕심내지 않는다. 다만, '최초인가?', '최대인가?', '기사를 내야겠구나!', '연구할 게 생겼구나!' 이 정도의 예측과 계획을 세운다. 희열감도 느낀다. 발굴은 혼자만 하는 것이 아니라, 함께 작업하는 연구원들, 인부 어르신들, 굴삭기 기사들이 함께 있기 때문에 좋은 유물들이 나왔을 때 모두 기뻐하는 건 물론이다. 마치 심마니의 '심봤다'처럼. 함께 노동한 현장이니 모두 한마음으로 뿌듯해 하는 것은 당연지사다. 어르신들 사이에서도 두고두고 회자된다. "내가 발굴했었잖아."라는 말 속에는 깊은 자부심과 자긍심이 오래도록 묻어난다.

혼자 주머니에 넣고 현장에서 이탈해 집으로 가지고 가서 팔 수도 없다. 그리고 조사원들은 내 현장에서 출토된 유물이나 유구는 가격이 아닌 매우 중요한 가치로 판단한다. 또한 이런 생각은 누가 알려주는 것이 아니라 자연스럽게 스며든다. 힘들고, 힘들고, 힘들지만 기대감과 뿌듯함과 사명감으로 일하는 현장의 어벤져스들이다.

약탈 문화재의 주인은 누구일까

      토끼 해가 시작되고 한 달 즘 지나 문화재계뿐만 아니라 사회적으로도 떠들썩했던 일이 있었다. 그 뉴스의 주인공은 '대마도 불상'이었다.

'반일=무죄' 공식 깨졌다는 日 ⋯ 부석사 불상 반환 판결 후
폭풍' : 서울신문
'1심 서산 부석사 → 2심 日간논지 ⋯ 뒤바뀐 고려 불상 소
유권' : 중앙일보
'문화재 약탈에 면죄부 판결 ⋯ 조계종, 고려불상 소유권
일본 사찰 판결에 발끈' : 세계일보

'조계종 고려불상 소유권 日에 2심판결 비판 … 약탈에 면죄부' : 연합뉴스

한국과 일본 사이에 문화재 관련 사안은 늘 그렇지만 굉장히 조심스러울 수밖에 없다. 때문에 관련 기사도 주의하지 않으면 자극적이기 쉽고 반일 감정을 고조시킬 우려도 있다. 그러나 대마도불상에 대한 판결이 나오고, 각 일간지마다 쏟아낸 기사들을 보면 그 제목부터 자극적인 분위기였다. 문화재계 종사자 입장에서 볼 때 이 사건을 통해 우려하는 바가 무엇이고 국민정서에 안 맞는 판결에 대한 불만도 십분 이해가 간다. 그러나 그 전에 놓치고 있는 것이 있다는 생각이 들었다. 일단 대마도불상, 즉 부석사불상 사건이 이렇게 부각된 대략의 사건 맥락을 정리하면 이렇다.

일본 대마도에 있는 고려시대 불상을 우리나라 사람이 부산항구를 통해 들여왔다. 우리나라 여객선이 있는 항구나 비행기가 있는 공항에는 문화재감정위원들이 있다. 출입국자들로부터 문화재 관련 유물이 있으면 신고

받고, 감정위원들이 평가하는 일을 한다. 그 진위 등도 평가하는 분들이다. 그런데 일본에 있던 이 유물이 어떻게 한국에 들어왔을까. 1차적으로는 이 유물을 평가하는 감정위원이 판단을 잘못해 국내에 유입되었을 가능성을 말하지 않을 수가 없다. 그 관문을 통과했기 때문에 국내에서 이동이 가능했다는 이야기니 말이다. 더 큰 문제는 이 장물을 판매하려다가 덜미가 잡히고부터였다. 즉, 이 고려시대 불상은 부석사에서 약탈당한 것으로 밝혀졌고, 따라서 부석사에 돌려줘야 한다는 주장이 제기된 것이다.

이 사건을 통해 조계종은 '1330년 제작된 금동관음보살좌상의 소유자가 서산부석사이며, 조선 초기 왜구들에 의해 약탈당해 일본으로 건너가게 됐다는 사실은 이미 충분히 검증됐고 1심 판결에서도 인정된 바 있다"고 밝혔다. 그러면서 "2심 판결이 677년 창건된 부석사의 영속성을 부정하고 동일성을 인정하지 않은 판단은 2000년 한국 불교의 역사성과 조계종의 정통성을 무시한 판결로 그 심각성이 매우 크다"고 지적했다. 그러면서 "(2심 판결에서) 불법적으로 약탈된 문화재의 시효취득을 인정한 것도 약탈문화재에 대한 면죄부를 주는 판결로 전 세계 약탈문화재 해결에 가장 나쁜 선례를 제공하는 몰역사적 판결"이라고 비판했다.

　　국민 정서 차원에서는 조계종의 주장에도 일리가 있다. 그런데 나는 몇 가지 의문이 들었다. 우선 이 문제가 법원에서 평가할 문제일까. 그리고 약탈했다고 주장하는 근거는 어디에 있을까. 선물로 준 것일 수도 있지 않았을까. 혹은 판매한 것은 아닐까. 약탈로 결론을 짓고 접근한 것 자체에 이미 모순을 안고 있는 게 아닐까 싶었다. 물론 이 불상이 부석사 유물임은 의심할 여지가 없다. 불상 안에 '서주에 있는 사찰에 봉안하려고 이 불상을 제작했다'라고 봉안된 문서가 있었기 때문이다. 그렇다면 그 진위를 밝히기 위해서는 이 유물이 약탈·수탈 당한 증거를 끊임없이 증명하는 것이 먼저여야 했다. 또 일본에서는 약탈한 것이 아니고 수집했다고 할 경로를 증명해야 한다.

재판부는 "1330년 서주(서산의 고려시대 명칭)에 있는 부석사가 이 사건 불상을 제작했다는 사실관계는 인정"했다. 덧붙여 "왜구가 약탈해 불법 반출했다고 볼 만한 증거도 있다"라고도 했다. 그런데 재판부는 의외의 지점을 지적했다. "당시 부석사가 현재의 부석사와 동일한 종교단체라는 입증이 되지 않아 소유권을 인정하기 어렵다."고 밝힌 것이다. 이어 "1527년 조선에서 불상을 양도받았다는 일본 간논지 측 주장 역시 확인하기 어려우나 1953년부터 불상이 도난당하기 전인 2012년까지 60년간 평온·공연하게 점유해 온 사실이 인정된다."고 했다. 그러면서 "국제사법에 따라 준거법인 일본 민법의 취득시효 규정을 적용하면 소유권을 인정할 수 있다" 결론을 내렸다. 그리고 "민사소송은 단지 소유권의 귀속을 판단할 뿐이며, 최종적으로 문화재 반환 문제는 유네스코 협약이나 국제법에 따라 결정해야 할 것"이라고 덧붙였다.

최근 일본에서는 '약탈 문화재는 반환해야 한다'는 움직임이 교육계를 중심으로 일어나고 있다고 한다. 일본에서 간행된 교재에 "문화재가 있어야 할 곳은?"이란 질문을 던지며 영국박물관이나 프랑스루브르박물관 등 주요 세계 박물관에 문화재를 돌려달라는 요구들을 소개하고, 식민 지배와 문화재 이슈를 거론한다고 한다. 대학

입시에서도 약탈문화재를 주제로 문제가 출제되었다고 한다. 이에 세계 유명 박물관, 특히 미국이나 영국의 이집트관은 입이 떡하고 벌어졌단다. 이 유물들이 약탈문화재가 아니면 그럼 무엇일까?

우리 문화재가 외국에 있는 경우, 이 문화재가 어떤 경로를 통해 그 곳에 가게 되었는지, 불법적으로 약탈했기 때문에 사유를 적시 못한다면 원래 있던 곳으로 돌려주어야 하지 않을까. 이건 비단 외국에만 적용되는게 아니라 우리나라에도 똑같이 적용해야 한다. 국립중앙박물관의 중앙아시아관에 가보면 동아시아 유물들이 있다. 이 유물들 또한 어떤 방식으로 수집하고 전시되었는지 정확한 설명이 필요하다.

환귀본처還歸本處

　　2021년 5월 28일 원주 법천사지 지광국사탑 귀환 기념 학술세미나가 열렸다. 환귀본처는 본래의 자리에 다시 돌아오거나 돌아간다는 의미로 문화재계에서 흔하게 보는 단어다. 그날 세미나는 여섯 명의 발표자와 세 명의 토론자로 진행되었다.

원주 법천사지는 강원도 원주시 부론면 명봉산의 남서편에 위치한다. 고려 중기의 승려인 지광국사(海麟, 984년~1070년)는 고려 문종 때 국사(國師), 법상종의 고승으로 현화사를 중심으로 법상종 교단을 크게 발전시켰다. 당시의 문벌귀족인 인주 이씨 세력과 연결되어 있었던 인물이다. 법천사의 창건과 폐사는 정확히 알 수 없지만 통일 신라시대에 창건되어서 고려시대 지광국사 해린의 하안소로 선정되는 등 크게 융성했었다. 그러다가 임진왜란을 거치면서 폐사된 것으로 추정하고 있다.

원주 법천사지 발굴조사는 2001년 시굴조사를 시작으로 2015년까지 14년 사이 10여 차례에 걸쳐 발굴조사가 진행됐다. 발굴 결과 금당지, 강당지, 탑지, 탑비전지, 문지, 배수로, 석실유구, 외곽 담장지 등이 확인되었다. 원주 법천사지는 2개 구역으로 나뉘는데, 1구역은 사역의 동북쪽 외곽에 위치한다. 지광국사현묘탑지와 탑비가 남아 있어 지광국사 해린의 공간이었던 것으로 추정되었다. 2구역은 법천사의 중심사역으로 북-서 편에 회랑식건물지가 경계를 이루고, 금당과 강당이 남북 일직선상에 위치하고 있다. 금당의 전면에는 두 기의 탑이 배치되어. 2탑 1금당 형식이다.

세미나에서 다룬 것이 이 법천사지에 있던 지광국사현묘탑이었다. 이 탑은 1911년 9월 일본인 모리에 의해 폐허에 있던 탑을 마을 주민에게서 사들여 명동 무라카미 병원으로 반출되었었다. 그러다가 1912년 서울에 거주하던 사업가 와다 쓰네이치에게 팔렸다. 와다는 다시 일본 오사카의 남작 후지타 헤이타로에게 당시 3,140원을 받고 팔았다. 탑의 방랑은 여기서 끝난 것이 아니다. 1912년 5월에는 일본 오사카로 반출되었다가 1915년 조선물산 공진회 미술관으로 반환된다. 이후 1923년 경회로 동편, 1932년 경복궁 내에 자리 하게 되었다.

사연 많은 이 탑은 한국에 돌아온지 27년만인 1950년, 한국전쟁 폭격으로 인해 훼손되었다. 1957년에 시멘트 등으로 복원하였다. 일설에는 지광국사현묘탑이 너무 아름다워 일부러 폭탄을 투하했다는 설이 있다. 이는 아름다운 것을 보면 파괴하고 싶다는 심리를 보여준다는 데 믿거나 말거나할 얘기다.

세월이 흘러 2010년 국정 감사에서 지광국사현묘탑이 경북궁에 위치해 있는 것이 바람직하지 않다는 의견이 제시되었다. 이에 5년 뒤인 2015년에 보존처리 계획이 수립되고, 2016부터 2020년까지 보존처리 작업에 들어갔다. 탑은 해체 후 국립문화재연구소(현 국립문화재연

지광국사현묘탑

사연 많은 이 탑은 한국으로 돌아온지 27년만인 1950년, 한국전쟁 폭격으로 인해 훼손되었다가 1957년에 시멘트 등으로 복원되었다. 일설에는 탑이 너무 아름다워 일부러 폭탄을 투하했다는 설도 있었다. 아름다운 것을 보면 파괴하고 싶어 하는 사람의 심리라고 하는데, 믿거나 말거나할 얘기다.

구원)이 보존처리를 맡아 작업했다. 그 과정 중 2019년 6월에 지광국사현묘탑은 법천사지에 이전하기로 결정이 되었다.

그러나 원위치로 복원하는 데에 따른 이전지의 지반 검토와 보존환경의 적절성, 구조적 안정 등을 검토해야 했다. 그런 필요에 의해 '환귀본처'라는 주제로 학술대회가 개최된 것이다. 학술대회 당시 연합뉴스 김태식 단장님의 「우리 안의 약탈문화재를 생각한다」라는 주제 발표가 인상에 남았다.

'국립중앙박물관이 대표하는 국립박물관은 근간이 약탈 창고다. 물론 그 불가피성까지 부정하고 싶지 않지만. 상실한 문화재를 현재도 다수 보유한 점에서 그것은 제국주의 기관이다. 왜 무수한 경주 지역 유물이 대여도 아닌 소유라는 형태로 서울에 볼모로 잡혀 있단 말인가? 오갈 데 없는 문화재들이야 논외로 치고, 출토지가 명확한 지역 문화재가 왜 이곳을 가득 채운단 말인가?'

결국 출토 위치가 명확한 유물은 원 위치로 돌아가야 하는 것이며 지광국사현묘탑이 그 시발점이 될 수 있다는 지점을 명확하게 꼬집은 것이었다. 물론 이런 반환 운동이 요원의 불길로 번지는 일을 우려하는 것도 당연하다. 그러나 돌아가야 할 문화재는 원래의 자리로 돌아가야 하는 게 마땅하다고 본다.

그렇다면 이 지점에서 제일 궁금한 것 한 가지! 청와대 경내에는 통일신라시대 석조여래 불상이 있다. 일명 '미남불'로 통한다. 청와대 불상은 경주 이거사터에 있었다는 설이 제기되었고, 경주에서는 청와대 불상을 다시 경주로 돌려놓아야 한다는 여론이 형성되었다. 과연 청와대 불상은 경주로 환귀본처해야 할까?

성저십리城底十里

　　흔히 고고학은 우리의 생활과 무관한 분야라고
생각하지만 사실 전혀 그렇지 않다.

서울 사대문 안에 거주하는 사람에 한한 이야기지만 혹시
집을 허물고 새 집을 지어야 한다면 참관조사, 표본조사,
시굴조사, 발굴조사라는 과정을 거쳐야 한다. 이 가운데
가장 먼저 수행하는 일이 참관조사다. 고고학 전공자이면
서 조사원 이상의 경력을 가진 연구원이 참관한 상태에
서 땅속을 보는 가장 간단한 조사다. 서울이 아닌 지역도
적용은 비슷하다. 굴삭기로 땅을 파는 작업을 굴착이라
고 하는데, 이 굴착을 하는 과정에서 유물이나 유구가 확

인되면 작업을 중단해야 한다. 전문가의 의견을 담아 발굴조사를 하여 전체적인 현황을 확인해야 하기 때문이다. 이때부터 복잡한 과정으로 진입한다. 표본조사는 조사지역의 일부 구간을 표본으로 조사하는 것을 의미하고, 시굴조사는 조사대상 지역 면적의 10퍼센트에 해당하는 곳을 계획하여 시굴트렌치를 구획하는 일련의 작업을 말한다. 이러한 조사에서 유구와 유물이 확인되면 전면 조사를 진행하게 되는데 이걸 발굴조사라고 한다. 실상은 이것보다 조금 더 복잡한 메커니즘으로 일이 진행되지만 대략 이런 일련의 과정을 거쳐 조사를 진행하게 된다.

　　아는 지인이 용산 근처에 집을 산 후 집을 새로 짓고 싶었던가 보다. 구청에서 참관조사를 하라고 공문이 왔다며 물어왔다. 조사 대상 지역을 살펴보니 이전에 조사했던 기록에 주변이 국방유적이 있었을 가능성이 있었다. 그 집도 조사 대상 지역에 포함되어 있었다. 지형도와 주변 현황을 살펴보니 이미 지형이 변화되었기 때문에 유구가 확인 될 가능성은 매우 희박했지만 가능성을 전혀 배제할 수 없으니 당연히 조사를 진행해야 했다.

남영동을 비롯해 용산 일대는 '성저십리'(城底十里)에 해당한다. 성저십리, 한자를 직역하면 '성벽 아래 10리'다. 즉, 성저십리는 한양도성으로부터 10리(4킬로미터) 이내 지역을 의미한다. 조선시대의 서울생활권에 해당하면서 도성 밖이었던 곳이 '성저십리'인 것인데, 현재 서울시 중에서 강북지역의 일부가 포함되는 셈이다. 따라서 이곳에 올리는 건축물은 당연히 조사 대상이 된다.

집을 지으려다가 복병을 만난 집 주인은 난감해했다. 고고학을 아는 지인이라고 내가 생각나더란다. 나는 조사 과정과 내용을 자세히 설명하고, 혹시 모를 유구 확인에 대비해 발굴조사로 진행될 경우에 벌어질 일에 대해서도 설명을 해줬다.
집주인은 조사원의 참관 아래 땅을 굴착하는 참관조사를 진행했고 다행히 유구와 유물은 확인되지 않았다고 한다. 건물을 지어도 무방하다는 조사단의 결과보고서를 제출하고 한숨 돌리게 되었다. 이 모든 일은 '매장문화재 보호 및 조사에 관한 법률'에 따라 조사를 진행한다.

젠더고고학

최근 국악방송 라디오 프로인 <문화시대>에 초대 되어 고고학의 전반에 대해 이야기를 나눈 적이 있었다. 그 날 방송 진행자인 한석준 아나운서가 요즘은 어떤 직업이든 남녀의 구별이 사라지고 있지만, 20년 전에는 여성 발굴자 보기가 더 쉽지 않았을 것 같은데, 20년 전과 지금을 비교해 보면 어떠냐고 질문을 했다. 나는 한참을 머뭇거렸다. 몇 년 전부터 젠더고고학 분야에 관심을 두고 이런 저런 방식을 통해 공부를 해 오던 터이긴 했지만 정작 관련 질문 앞에서는 딱히 뭐라 답해야 할지 궁색해 졌다. 우선은 개인마다의 경험치가 다르기 때문이고, 그 이유 때문에 나와 생각이 다른 분들이 많을 수 있기에 조심스럽지 않을 수가 없었다. 세대 간의 문제로도 비화 될 정도로 젠더 문제는 워낙 예민한 이슈가 담긴 화두다. 또 고고학 분야에서의 성별에 따른 업무 차이 부분은 여성고고학자뿐 아니라 남성 고고학자들에게도 고민의 무게가 비슷할 것이다.

우리나라 발굴조사연구기관들로 구성된 한국문화유산협회(이하 한문협)에는 2022년 7월을 기준해 등록된 전체 인원이 1,688명이다. 그 중 남성이 988명, 여성은 680명이다. 가입하지 않은 기관까지 포함한다면 대략 2천여 명이 안 되는 것으로 알려져 있다. 그리고 이 인원에서 보이는 여성 고고학자의 비율이 과거보다 높아진 것은 분명한 사실이다. 그리고 여성 고고학자들이 화장실도 없는 외지에 나가서 발굴하는 일이 여건상 매우 힘든 것도 사실이다.

여성 비율이 높아졌다고 하는 것은 단순히 수치적인 것이고, 실제 필드에서 발굴을 하는 남성과 여성의 비율은 정확하지 않다. 왜냐하면 고고학에서도 여성과 남성의 업무 분장이 없다고는 할 수 없기 때문이다. 발굴은 그야말로 야외고고학으로 고강도의 노동력이 필요하기 때문에 주로 남성들이 다수를 차지한다. 그리고 실내작업 즉 유물세척, 넘버링, 탁본, 복원, 실측 등의 보고서에서 필요한 작업은 주로 여성들이 하기 때문이다.

　　20년 전과 비교해 지금의 발굴 여건은 많이 좋아졌다. 우선 과거에는 손으로 직접 해야 했던 작업들이 최첨단 기술들이 동원되면서 간단하고 편리해졌다. 가령 손으로 유구를 1/20이나 1/10으로 축소해서 그렸던 것을 지금은 사진 실측이나 3D를 통해 일러스트 또는 캐드를 이용해서 손쉽게 작업할 수 있다. 현장 사진을 찍기 위해 조사원이 사다리를 타고 유구 사진을 찍었던 것이 그리 오래 전 일이 아니다. 지금은 붐촬영이라고 해서 긴 셀카봉 같은 도구를 이용해 사진을 찍는다. 드론을 이용해서도 직상방이든 버드뷰든 원하는 곳을 찍을 수 있게 되었으니 여러 면에서 사용하는 도구들·기술이 좋아졌다. 그래도 현장은 여전히 열악하고 힘들다. 20년을 현장에 있었던 사람 입장에서는 어느 날 갑자기 생긴 변화가 아니다. 그냥 조금씩 나아졌다. 뒤돌아보니 지금이 나아져 있다는 표현이 좀 더 적절할 것 같다. 표시나게 체감한 것이 아니라는 얘기다.

그렇다면 고고학계와 현장은 과연 여성고고학자들에게 좋은 환경과 여건이 되었다고 할 수 있느냐는 질문에는 20년 전과 지금과는 크게 다를 바 없다고 볼 수 있다. 여성은 결혼하면 출산과 육아를 해야 하고 그로 인해서 잠시 직업을 쉬어야 한다. 복귀를 하더라도 쉽지 않다. 그리고 어느 직업군이나 그렇겠지만 고고학과 교수에서 여성의 비율, 공공기관 또는 발굴기관에서의 부장 혹은 실장 직급 이상의 여성 고고학자 비율은 낮은 편이다. 혹자는 '유리천장 또는 여성고고학자의 생존의 문제다'라고 하는데 아직도 잘 모르겠다.

고고학을 배우면서도 남성적 시각에서 많은 것을 배워온 건 사실이다. 사냥은 남자, 채집은 여자. 어느 선사박물관에 가도 전시되어 있는 이 작은 모형들은 다르지 않다. 음식을 조리하거나 바늘에 실을 꿰어 옷을 만드는 일은 여자, 돌을 깨거나 사냥 도구를 만드는 일은 남자다. 과연 선사시대에 남녀 성역할이 분리되었을까. 우리 안에 어려서부터 배워온 무의식이 계속 남아 있는 건 아닐까? 엄마 아빠 손잡고 박물관에 간 어린아이들은 이런 모형들을 보면 무슨 생각을 하게 될까? 학습이란 무서워서 누구 말대로 물 잘 드는 천에 염색하는 것과 매일반이라고 하지 않나.

방송을 한 날, 나는 돌아와 인류의 기원과 탄생을 여성적 시각에서 쓴 「누가 베이컨을 식탁으로 가져왔을까」라는 책을 다시 펼쳐보았다. 제목만 봐서는 이 책을 젠더고고학과 연결짓기 어려울 것이다. 그러나 제목은 비유자 상징이다.

책에는 미국의 전설적인 학자 루이스 리키와 현장 고생물학자인 아내 메리 리키가 발견한 화석 발자국 이야기를 담았다. 이 발자국은 오스트랄로피테쿠스가 걸어서 간 발자국으로 한쪽 발자국이 다른 쪽 발자국보다 상당히 컸는데, 남성과 여성이 같은 속도로 보조를 맞춰 걸어간 것으로 보았다. 일부 학자들은 이 발자국을 보고 남녀가 손을 잡고 걸었거나, 혹은 남자로 짐작되는 큰 쪽이 자그마한 여자의 어깨를 팔로 감싸고 걸었을 것이라는 의견을 제시했다. 나중에 뉴욕 자연사박물관에 설치된 축소모형에는 두 남녀가 화산재로 뒤덮인 황량한 풍경 속을 걷고 있고, 저 멀리 지평선에서는 화산이 아직도 연기를 뱉어내는 모습이 묘사되었다고 한다. 그리고 모형 속 여자는 고개를 옆으로 돌린 모습으로 유리를 통해 박물관 관람객의 존재를 알아채기라도 한 듯 깜짝 놀란 표정이고 남자는 단호한 표정으로 앞을 바라보고 있으며, 한쪽 팔로 여자의 어깨를 감싸고 있다고 한다.

좀 이상하지 않은가? 물론 고고학도 상상력이 풍부해야 한다고 말한다. 글쓴이는 남자가 여자를 지배하려는 듯 여자의 어깨를 감싼 것은 성차별적인 표현이라고 했다. 뿐만 아니라 발자국은 세 명일 수 있음에도 불구하고 남성과 여성, 2명으로만 해석하고 선택하여 남성이 지배자라는 점을 강조했다고 한다. 자연사박물관의 축소모형이 옳다면 이미 300만 년 더 이전에 가부장제가 자리잡았다는 것이며, 이 축소모형을 제작한 예술가와 큐레이터는 모두 남성이었다는 얘기가 된다. 남성은 크고 여성은 작았다라는 가설은 맞는 것일까? 어머니 혹은 아버지와 10대 자식이 남긴 것은 아니었을까?

현장 스케치

2022년 시점 한국문화유산협회에 등록된 전체 인원이 1,688명인데, 그 중 남성이 988명, 여성은 680명이다. 이 인원에서 보이는 여성 고고학자의 비율이 과거보다 높아진 것은 분명한 사실이다.

AI세상이 도래해도 살아남을 고고학

"저 아이, 고고학을 전공해서 대체 뭘 해먹고 살려나……."

여기서 저 아이는 나다. 대학에 합격하고 나서 좋았던 것
도 잠시, 엄마는 졸업 후의 내 장래를 걱정하고 있었다.
이 직업 전선에서 어느 정도 안정을 구가하고 있을 때 즘
엄마는 다시 한 번 그때 얘기를 했다. 걱정이 많았다고.

　　30년 전에도 발굴하는 일을 한다고 하면 생활
을 걱정해 주는 사람이 주변에 퍽 많았다. 먹고 살기 힘
들 거라는 이야기였다. 지금이라고 많이 달라지지는 않았

다. 1990년대 초반까지 발굴은 대학교 부설 연구소나 대학박물관에서 거의 전담했다. 그만큼 인프라가 없었다. 설상가상으로 1990년대 후반과 2000년대 초에 비영리 재단법인의 발굴 기관들이 설립 되면서 더욱더 발굴로는 먹고 살기 힘들다고 했다. 와중에 치열한 경쟁도 있다. 지자체 발굴조사는 입찰에 참여해야 하고, 발굴기관에서는 보고서 점수도 90점 이상을 받아야 하는 등 0.1점 차이 때문에 입찰에서 탈락되는 등 입찰 경쟁도을 치열해질 수밖에 없었다. 발굴기관의 점수는 대략 여성 비율, 장애인 고용 비율, 여성 설립자 등등 총합 점수가 있다. 그리고 발굴 기관은 발굴 조사 완료 후 2년 이내에 보고서를 발간하고 그 보고서에 대한 평가를 받는다. 보고서 평가 점수가 90점 미만인 경우 입찰에서 불이익을 당할 수 있기 때문에 90점 미만의 경우에는 이의 제기를 신청해야 한다. 어찌보면 총성 없는 전쟁을 치열하게 치루고 있다고 봐야 한다. 발굴만 잘해서 끝나는 일도 아니다. 지리한 발굴 보고서 작업을 해야 한다. 만약 2년 이내에 발간하지 못하면 발굴조사 6개월 정지라는 폭탄을 맞는다. 이 부분에서 먹고사니즘 애환을 얘기하지 않을 수 없다. 곳곳에 공포가

도사리고 있는 것이다.

그럼에도 불구하고 여전히 발굴기관들이 속속 만들어지고 허가를 받는 걸 보면 이 직업군이 쉬이 사라지지 않을 거라는 생각이 든다. 최근에는 외국에서의 발굴을 주도하는 기관도 생기는 등 해외 발굴로도 시선을 돌리고 있으니 말이다.

인간의 일을 AI가 대신하는 날이 가까워 오고 있다며 준비를 해야 한다는 말을 종종 듣는다. 가장 먼저 사라질 직업이 회계사, 그리고 은행 창구 업무를 보는 분들이라는 이야기가 한참 나돌았던 적이 있었다. 숫자와 관련된 직업군이겠구나 막연한 생각만 하고 있었다.

그렇다면 우리는 어떨까? 과연 AI가 대체 할 수 있는 직업군일까, 아닐까. 우리가 가장 중요시하는 토층은 어떨까? 가령, 각 지역별·시대별 건물지의 특징과 토층을 분석한 자료를 AI에 저장해 두고, 어느 지역의 어느 현장에서 이런 건물지가 나왔으니 시대를 편년해 토층을 알려 달라고 하면 AI가 해줄 수 있을까? 현장에서 발굴을 할 때 땅을 파는 대부분의 일은 인력이 하는데 이것을 대체 할 수 있는 게 있을까?

물론 유물을 다루는 분야는 가능할 듯하다. 구석기시대부터 조선시대까지 출토된 유물들의 기형, 규격, 문양 등등 각각의 특징들을 총 취합하면 가능할 수 있을 것같다. 하지만 야외고고학에서 인력을 대체할 수 있는 건 거의 없다. 물론 30년 전에 비하여 장비가 좋아진 건 사실인데, 이는 일하는 여건이 조금 더 빨라지고 편리화·현대화 되었을 뿐 여전히 사람의 손이 필요한 직업군이라는 데엔 변함이 없다.

『세계미래보고서 2030-2050』이라는 책에 디지털 고고학자라는 챕터가 있다.

2025미리직업 TIP
활동분야 : 연구소, 학교
임금수준 : 평균
업무환경 : 안전
전　　망 : 보통

가까운 미래에 생겨날 직업군으로 디지털 고고학자를 뽑

았다.

"디지털 고고학자가 되기 위해서는 고고학, 인류학, 언어학, 환경공학, 토목공학을 전공해야 한다. 지속적이고 반복적인 실험을 하게 되므로 분석적 사고와 인내력, 창의적인 문제 해결능력과 신속·정확한 수행능력이 요구된다. 과거 연구를 통해 미래에 대비해 사회에 이바지한다는 사명감도 필요하다"

사실 고고학은 과거부터 지금까지 인류학, 환경공학, 토목공학뿐만 아니라 문헌사학, 건축공학, 조경학, 의상학(직물연구) 등 다양한 분야들과 협업을 통해 연구를 해왔다. 그리고 필드고고학자는 측량기계를 잘 다루어야 하고, 일러스트·캐드도 다뤄야 하기 때문에 종종 건축공학과나 토목공학과 출신으로 오해받기도 한다.

책에서는 「땅속에 묻혀 있는 유적들을 '자력계측기'를 통해 유적 탐사가 가능해지고 그로 인해 시간과 비용이 절감된다고 말하고 있고 이를 디지털고고학」이라고 명시하고 있다. 십수 년 전부터 이 기계를 사용해왔고, 초기에는 오류도 많았지만 지금은 굉장히 치밀해져서 오류가 많이 사라졌다고 한다. 특히 경주처럼 땅 속에 유구가 많을 경우 더 많이 활용되고 있는 것으로 알고 있다. 땅속 유적의 유무를 확인하고, 나타나는 유구를 지도화 하면 대략 땅을 파기 전에 전체적인 유구현황이 그려지므로 매우 유익하다고 할 수 있다. 그러나 유구는 한 시기만 나타나지 않고 다양한 시기가 한곳에서 중복되어 나타나기도 한다. 이런 경우, 해결 할 수 있는 방법은 오직 인력으로 땅을 파고 눈으로 직접 확인하고 판단하는 수밖에 없다.

새해 벽두부터 고고학계뿐만 아니라 각계에서 챗 GPT에 대한 이야기가 중심이 되었었다. 얼마 전 학회 위원회에 참석해 회의를 마치고 뒤풀이에서도 이 챗 GPT에 대한 이야기가 나왔다. 강단에 서서 학생들을 가르치는 선생님이 신고고학과 후기과정 고고학에 대해 물어봤더니 너무 잘 정리해 답을 해서 깜짝 놀랐다는 이야기였다. 신고고학은 과정고고학이라고도 한다. 단순히 기능적 필요에 따라 수동적으로 폐기된 잔존물로 보는 것으로 현재 고고학에서 물질문화를 토대로 과거 인간의 모든 행위를 설명하고 정확하고 절적한 방법과 방법론을 찾는 것을 의미한다. 반면 후기과정 고고학은 신고고학을 비판하면서 나타난 이론이다. 현재와 과거에서 사회적 관계를 형성시키는 능동적이고 상징적인 의미체계이다. 과거 인간의 행위를 이해하기 위한 접근 방식이나 내제된 학문의 인식론적 기조에 이어 변화를 야기하는 것을 말한다.

고고학에서 필수적으로 배워야 하는 이론과 방법론 중 하나로 나는 당시 원서로 읽느라 꽤나 힘들었던 기억이 있다. 그런데 이제는 힘들지 않게 챗 GPT가 여러 다양한 경로로 채집한 보고서와 논문 등의 자료를 통합적으로 정리하여 알려주는 시대가 도래한 것이다.

그렇다면 이 정보들은 과연 정확한 정보들일까? 이 정보들이 거짓인지 참인지 걸러내는 시스템이 있어야 하지 않을까? 학생들에게 리포트 과제를 냈을 때 본인이 직접 정리한 것과 챗 GPT가 정리한 걸 제출한다면 그것을 알아채는 시스템도 있어야 하지 않을까? 그런데 챗 GPT가 만든 자료를 걸러내주는 시스템도 만들고 있다고 한다. 그렇다면 우리는 이제 챗 GPT가 만들어낸 보고서나 논문도 읽고, 그것을 인용하기 위해 각주나 참고문헌으로 넣어야 하지 않을까 등등 수많은 이야기가 오고 갔다.

발굴 조사 후 보고서를 쓰기 위해 여러 논문과 보고서를 보고, 보고서를 작성하는 연구원보다 챗 GPT가 시간과 비용을 절감하고 연구원들의 업무를 가지고 갈 수도 있겠다는 생각이 들기도 한다. 그렇다면 우리가 하는 학문은 과연 잘 남아 있을 것인가에 대해서 의문을 품지 않을 수 없다. 잘 활용만 한다면 오히려 좋은 상호작용을 할 수도 있을 것 같다.

　　고고학은 육체노동과 정신노동이 50대 50을 차지한다. 그런 관점에서 보면 고고학은 사라지지 않을 직업군이라는 것은 명백한 것 같다. 앞으로 나의 몸만 말을 잘 들으면 먹고 사는데 지장이 없을 듯하다. 그래서 나의 모친이 내가 이 일로 퇴직하는 모습을 꼭 목도하길 바란다.

그래도 분이 안 풀리면 더러 일지에 적어두기도 한다. 글쓰기의

힘은 대단해서 그렇게 궁시렁거리며 적어두면 화가 좀 풀리니

그럴 때 일지는 처방전의 기능도 하는 셈이다.

PART
3

나의 고고학 레시피

나를 만든 8할, 국립중앙박물관

　　나는 20여 년간 문화재 관련 일에만 종사해왔다. 처음 이 업종에 발을 들인 건, 대학교를 졸업하고 국립중앙박물관 고고부에 인턴으로 근무하면서부터였다. 내가 대학을 졸업하던 해가 하필 IMF였던 터라 취업이 쉽지 않았는데 학과에서 인턴을 할 수 있게 지원해줘서 바로 근무하겠다고 의사를 밝혔더랬다. 졸업 전인 1월부터 인턴으로 근무하기 시작한 나의 첫 직장은 이후 내 사회생활에 많은 영향을 미쳤다.

인턴으로 들어간 첫해에 내가 했던 일은 1969년부터 1971년까지 3년 동안 발굴했던 부산 동삼동 유적 유물을 정리하는 일이었다. 유적 유물 작업이 마무리되지 않은 상태였으니 당연히 발굴 후 나와야 하는 정식 보고서도 발간이 안 된 상태였다. 운이 좋았다고 해야 하나, 인턴으로 들어간 첫해에 나는 유물 유적 정리부터 보고서 발간까지 모두 참여하는 행운을 얻었다. 그리고 6개월 인턴으로 시작했던 국립중앙박물관과의 인연은 계약직 연구원으로 이어져 5년 반을 더 근무했다.

지금의 내가 만들어진 8할은 국립중앙박물관 고고부에서 만들어졌다. 당시는 유물 세척만 6개월이 걸렸고, 자원봉사자 어머님들과 함께 유물 복원하는 데만 몇 년이 걸렸다. 유물 넘버링은 유물을 잃어버리지 않도록 유물에 번호를 부여해 주는 일이다. 유물 복원은, 땅속에 몇백 년 또는 몇천 년 있다 보면 거의 대부분 완형보다 깨진 채로 발견되는 경우가 많은데 그런 경우 접합과 복원을 통해서 원래의 모양·기형을 만드는 일이다. 그리고 부분적으로 유실된 경우가 있는데 그런 경우 CDK라는 것을 통해 원형처럼 만들어 주고 색깔을 입히는 작업을 한다. 그런 후 문양이 있는 유물들은 탁본을 한다. 탁본을 하면

실측

최근에는 실측을 일러스트레이션 작업으로 하거나 혹은 3D를 하는 경우가 있어서 유물 실측을 하지 않는 경우가 많아지고 있다. 그러나 고고학을 전공한다고 하면 기본적으로 유물은 실측 할 줄 알아야 한다.

조금 더 자세히 볼 수 있기도 하다. 그러고 난 후에 유물을 손 실측하고, 실측한 유물을 트레이싱한다. 트레이싱은 밑그림을 기름종이에 대고 펜으로 다시 그려주는 작업이다. 최근에는 유물 실측을 일러스트레이션 작업으로 대신하거나 3D 작업을 하는 경우가 많아지고 있다. 그러나 고고학을 전공한다고 하면 기본적으로 유물은 실측할 줄 알아야 한다.

그렇게 나는 국립중앙박물관 고고부에서 유물 넘버링, 복원, 컬러링, 탁본, 유물 실측, 트레이싱, 편집, 교정 등 보고서 작업을 완료했다. 1999년부터 2005년까지 꼬박 6여 년이 걸린 작업이었다. 물론 국립중앙박물관 연구원이기 때문에 전시보조도 하고, 유물 포장·해포 보조, 발굴 보조까지 다양한 일도 했다.

　　부산 동삼동 유적이 내게 남다른 또 하나의 이유는, 동삼동 패총 유적으로 석사학위 논문을 썼기 때문이다. 박물관에서의 작업을 인연으로 이 일련의 작업들이 지금의 나를 만들고 완성시켰다고 해도 과언이 아니다. 대한민국 박물관의 맏형격인 국립중앙박물관이 2005년에 용산으로 이전하는 현장에 있었던 것도 영광이라면 영광이었다. 엄청난 규모의 수장고에 있는 유물을 포장, 해포, 이동하는 일련의 과정을 보았기 때문에 이후로 어느 박물관을 가든지 그곳의 큰 그림을 보는 안목이랄까, 전시물을 보는 나만의 시선을 갖게 되었다.

지금 근무하고 있는 연구소에서 나는 새로 직원이 들어오면 유물을 포장·해포하는 방법을 알려주고, 유물을 가지고 이동할 때 2인 이상 함께 움직여야 하는 이유와 유물들은 어떻게 안고 이동하는지에 대해서도 자세히 일러둔다. 물론 국립중앙박물관 고고부에서 배운 대로다. 권위 있는 교육이란 고귀해서 책무같이 느껴진다. 내가 배우고 전한 것들은 언젠가 후배들이 다음 후배들에게 전수해 주길 바라는…. 20대를 보낸 국립중앙박물관에서 나는 다양한 유물들을 포장하는 것을 보조하고 전시를 보조하면서 많은 것을 배웠다.

근무하는 동안 휴식기도 있었다. 2003년 중반에 보고서 작업이 중단된 적이 있다. 계약직이었던 나는 기회다 싶어서 보고서 작업이 중단된 기간 동안 잠시 쉬기로 했다. 그런데 내가 쉬고 있는 줄 어떻게 알았는지 당시 국립문화재연구소에서 근무하고 있던 선배가 마침 잘됐다면서 연락을 해왔다. 러시아에 작업하러 갈 일이 있다며 같이 가자는 것이었다.

집에서는 위험하다며 반대가 심했다. 말린다고 포기할 내가 아니었다. 척박한 일정에 맞춰 난생 처음으로 여권을 부랴부랴 만들었고 드디어 10월에 러시아 노보시비리스크행 비행기를 탔다. 함께 간 일행은 나를 포함해 총 네 명이었다. 두 명은 국립문화재연구소 학예연구사였고, 나를 포함한 두 명은 나처럼 단기 계약으로 보고서 작업을 하기 위해 선별된 인원이었다.

네 명이 할 일은 가서 당시 국립문화재연구소에서 러시아와 연합 발굴했던 러시아 블로치까 유적에 대한 보고서 발간을 돕는 일이었다. 유물을 실측하고, 사진을 찍고, 편집까지 하는 작업이었는데, 그중에서도 나는 토기와 석기 등을 실측하는 작업을 맡았다.

유물을 실측할 때에는 간단한 도구들을 사용한다. 바디는 유물의 단면이나 입면을 그리고, 디바이더는 측점을 보정하는 데, 캘리퍼스는 단면의 두께를 잴 때 용이한 도구들이다. 우리는 이런 도구들을 이용해서 유물을 실측하는 반면, 러시아에서는 화가들이 실측을 하는데 대부분 매우 정확했다. 우리는 토기의 경우 입면과 단면을, 그리고 문양도 간단하게 그리는데, 러시아에서는 음영을 주기 때문에 매우 입체적으로 보였다. 그런데 러시아 선생님들이 나의 실측이 마음에 드는지 토기와 석기를 모두 나에게 맡겼다. 음영이 필요한 토기의 경우에는 러시아 화가가 그렸다. 내가 실측하는 모습을 러시아 방송국에서 찍어 가기도 했다. 매우 신기하다는 듯 실측하는 모습을 꼼꼼히 담아갔던 기억이 난다. 특히 석기 전공이던 딸각선생님(별명)은 내가 실측한 석기 도면을 보면 늘 러시아어로 "잘 했어요"라고 말해줬다.

보고서 작업도 우리나라와 달라 매우 생소했고, 유물을 관리하는 시스템도 우리나라와 많이 달랐는데 그 또한 아주 좋은 경험이었다. 약 3개월간 러시아에 머물러야 했기 때문에 우리는 일주일에 두 번 러시아어 과외도 받았다. 매주 단어 시험도 봤다. 업무가 끝나고 나면 중간중간 발레 공연도 보러 갔다. 러시아에서의 경험은 매일 매일이 새로웠지만 그 중에서도 발레 공연과 재즈 공연을 보러 다녔던 일은 최고의 추억이 됐다. 내 인생에 발레를 그렇게 많이 봤던 시기는 이전에도 없었지만 이후로도 없을 것 같다. 하루도 거르지 않고 눈이 내렸고, 밤에는 기온이 영하 40℃까지 내려갔다. 다양한 종류의 맥주와 보드카도 원 없이 마셨다. 주말에는 '과학자의 집'이라는 곳에서 쇼핑도 하고, 주변 갤러리에 들어가서 전시도 봤다.

우리가 갔을 당시는 한국 유학생들과 터키 유학생이 피습을 받아서 매우 위험한 시기였다. 우리나라로 치면 대전의 대덕 연구단지와 같은, 연구소가 밀집된 곳에 머물렀던 우리는 몇 달 전에 벌어진 그 사건으로 다들 매우 조심하고 있는 상황이었다. 특히나 한국 사람들은 고가의 카메라와 현금을 가지고 다니기 때문에 타겟이 되기 싫다고 혼자 다니지 말라는 주의를 받았다. 하지만 나는 답답한 주말, 혼자서도 여기 저기 돌아다녔다. 습관같은 거다. 혼자서 어디든 잘 돌아 다니고, 잘 먹고.

동양인이라 어리게 보는 경향도 있었고, 지금이야 한국이 많이 알려져 있지만 당시에는 일본인이냐는 질문을 가장 많이 받았다.

12월 말, 3개월의 러시아 노보시비리스크에서의 보고서 작업을 끝내고 나는 한국에 돌아왔다. 국립중앙박물관 고고부에서 함께 일했던 선생님이 러시아 가기 전, "러시아에서 돌아오면 다시 같이 일해요."라고 하셨는데 2004년 1월 2일부터 다시 국립중앙박물관 고고부에 출근하게 되면서 나는 선생님과의 약속을 지켰다. 그리고 그곳에서 2년을 더 근무한 후에 2005년 12월 31일을 마지막으로 국립중앙박물관에서 퇴직했다.

현장에서는 점심이 첫끼니다

　　도시 근무를 할 때야 불편하기는 해도 기상변화에 일이 지장을 받지는 않는다. 하지만 발굴 일은 다르다. 하늘에서 내리는 비와 눈에도 매우 민감하지만 더욱 주의하는 부분이 있다. 바로 땅의 기후다.

배수가 잘 되는 곳은 금방 마르고 땅을 팔 수 있지만, 물을 머금는 땅은 발굴하기가 쉽지 않기 때문이다. 질퍽한 곳을 발굴하는 건 매우 힘든 일이라 땅이 마를 때까지 기다려야 한다.

반대로 완전히 마르면 딱딱해지는 땅이 있는데, 이때는 땅파기가 여간 힘든 게 아니다. 땅이 젖어도 적당히 말랐을 때 파는 것이 제일 좋은데, 그래서 현장에서 유적을 조사하기 전에는 유적 주변으로 배수로를 판다. 물이 유구 안으로 들어가는 것을 방지하기도 하고, 물을 다른 곳으로 배출하게 하기 위해서다.

현장 숙소에서 계절에 상관 없이 유지하는 습관이 하나 있다. 늘 숙소 창문을 조금씩 열어 두는 일이다. 비가 오는지, 눈이 오는지 확인해야 하기 때문에 창문을 열어 놓고 잔다. 매일 오늘과 내일의 날씨를 체크하지만, 우리가 있는 지역은 산중에 있고 지대가 다르기 때문에 일기예보가 맞지 않은 경우가 많다. 그래서 비가 안 온다고 하더라도 새벽 5시에는 무조건 기상해 창을 열고 바깥 날씨를 확인한다. 비가 오기라도 하면 현장을 운영할 수 없기 때문에 멀리서 오는 어르신들에게는 6시 이전에 연락을 드려야 하기 때문이다.

그러다보니 현장에 나가 있는 동안은 숙소에서 편히 숙면을 취하기 쉽지 않다. 거의 한 시간에 한 번씩 깨서 확인하는 일이 다반사다. 서울에서야 사는 집에서 출퇴근을 하니 통잠을 자고 일어날 때가 많지만 현장에 와 있는 동안에는 몸이 달리 반응하는 것 같다. 집 밖 잠이라 적응 못한 것이라기보다 일종의 습관이 되버린 것 같다.

환경에 따라 달라지는 습관도 있다. 발굴하는 현장이 번화가보다 외진 곳이 많다 보니 근방에 화장실이 없는 경우가 왕왕 있다. 핸드폰도 안 터지는 현장에서 도시에서나 사용 가능한 화장실을 기대한다는 건 욕심이다. 오전 발굴이 끝나고 점심 식사를 하러 나오는 길에 밀린 볼일을 해결해야 하니, 언제부터인가 그 불편함을 최소화하기 위해 오전에는 끼니를 거르게 되었다. 현장에 가기 전 들리는 편의점에서의 인스턴트 커피 또는 현장 시작 전 현장 사무실에서 먹는 믹스 커피가 오전에 먹는 유일한 음식물이다. 화장실이 없는 열악한 환경에서 물을 자주 먹는 습관은 좋지 않다는 걸 나는 발굴 시작하던 첫해에 직감했다. 화장실이 가고 싶어졌을 때의 난감함을 아는 동료들 중엔 참을 수 없을 만큼 급한 상황이면 현장 주변의 산속에 들어가라고 조언하는 이도 있지만, 나는 그냥 아침 단식을 택했다. 나의 신체 사이클은 도시와 발굴 현장, 두 가지 형태로 시스템화 된지 이미 오래다.

고고학을 전공하면서부터 가지게 된 습관 중 또다른 하나는 어디를 가든 동-서-남-북을 먼저 확인하고 나의 위치를 확인하는 것이다. 처음 가본 길은 특히 북쪽을 기준으로 잡는 습관이 있다. 그래야 나의 위치를 정확히 알 수 있기 때문이다. 요즘은 핸드폰에 지도 앱이 있어서 해외에 나가더라도 길을 잃어버릴 일이 없지만, 지도 한 장과 나침반 하나로 산을 타며 유적을 찾아다니던 습관 때문에 여전히 동-서-남-북을 확인한다.

　　낯선 지역에 특강을 하러 가거나 답사를 다니면 원래의 지형이 남아 있는지 확인하는 습관도 있다. '산을 깎아서 건물을 짓고, 지하 몇 층까지 있으니 지하 유구는 훼손되었겠구나…'와 같은 생각들을 수시로 한다. 산이나 평지를 다닐 때에도 땅을 보며 다니는 습관은 지표면에 유물이 있을 가능성을 염두에 두어서다. 모든 땅 위에 유물이 있는 것은 아니고 특히 유물이 있을 가능성이 매우 높은 지역에서만 하는 사고의 습관이다. 그래서 나와 함께 다니는 사람들은 기와나 백자같은 자기류들을 함께 찾기도 한다. 고고학 전공자들 머릿속에는 지역과 그

지역에서 발견되거나 발굴된 유적들이 있다. 공주는 공주 석장리 유적, 단양은 단양 수양개 유적, 서울 암사동은 암사동 선사유적, 청주는 신봉동 백제 유적을 떠올리는 것처럼 지역과 유적을 함께 묶어 생각하는 것이다.

흙이 삭토되거나 조금이라도 패여 있으면 가서 확인하는 습관도 있다. 발굴하면서 층위를 보던 습관으로 삭토된 흙에서 혹시라도 유물이 있는지, 이곳은 층위가 어떻게 조성되었는지 확인하기 위해서다.

완주 송광사 시굴 현장 스케치

화장실이 없는 열악한 환경에서 물을 자주 먹는 습관은 좋지 않다는 걸 나는 발굴 시작하던 첫해에 직감했다. 화장실이 가고 싶어졌을 때의 난감함을 아는 동료들 중엔 참을 수 없을 만큼 급한 상황이면 현장 주변의 산속에 들어가라고 조언하는 이도 있지만, 나는 그냥 아침 단식을 택했다. 나의 신체 사이클은 도시와 발굴 현장, 두 가지 형태로 시스템화 된지 이미 오래다.

'기록은 당신의 몫'

　　국립중앙박물관 고고부에서 인턴 생활을 하던 때부터 지금까지 꾸준히 해오고 있는 게 있는데 일지 쓰기다. 일종의 매일의 노동기록이다. 누구에게 보여주려는 것이 아니고 내 의지로 쓰는 것이니만큼 거창한 내용은 없다. 말은 이렇게 하지만 사실 내 일지가 몇 세대가 지난 후, 난중일기까지는 아니었어도 후대인들에게 도움이 될 문헌이 될지 또 누가 아나.

아무튼 나는 매일의 날짜와 날씨를 적고, 그날의 할 일과 누가 시킨 일, 내일 해야 할 일, 업계 관계자들이 비루한 내 능력의 도움이라도 받겠다고 문의해 오는 일 등등을 일지에 기록한다. 사소하게는 불만 사항들도 적어 놓는다. 현장에서는 분명히 본인한테 맡긴 일인데 연구실에 돌아와서는 애꿎은 나한테 사실 확인을 한다든지, 지난 번에 숙지하라고 일러둔 일인데 오늘 보니 버벅거리고 못해서 마감해야할 일에 지장을 초래한다든지, 앞에 두고 잔소리 정도는 해도 성인을 향해 호통을 칠 수도 없고, 그래도 분이 안 풀리면 더러 일지에 적어두기도 한다. 글쓰기의 힘은 대단해서 그렇게 궁시렁거리며 적어두면 화가 좀 풀리니 그럴 때 일지는 처방전의 기능도 하는 셈이다.

하지만 20여 년 동안 이렇게 기록을 해온 궁극적 이유는 내가 딱히 머리가 좋지 않아서 그날 할 일을 잘 잊기도 하지만, 특별히 유물을 다루는 일을 하다 보니 넘버링을 했는지, 탁본을 했는지, 복원을 어디까지 하고 어디에 놓는지를 기록해 놔야 누가 물어도 대답할 수 있기 때문이다. 아무튼 시작은 그러했고, 이 습관(?)은 지금도 여전해서 연구소 내에서나 발굴하는 현장에서도 똑같이 이어져왔다.

내게 유익한 일은 주변에 권하는 것이 인지상정.

새로 들어온 연구원이나 잠깐 왔다 떠나는 실습생들에게 연구소 수첩을 주면서 현장에서는 야장을, 실내에서는 업무일지를 쓰라고 권하기도 했다. '이건 당신들의 기록이다. 그리고 당신들의 역사이다. 우리는 땅을 파는 사람으로서 기록의 중요성을 인식해야 한다.'고 주장하면서.

발굴이 늘 비슷해 보이지만 현장마다 다른 것은 당연한 일이다. 어느 현장은 통일신라시대 건물지이고, 또 어느 현장은 고려시대 건물지, 어느 현장은 청동기 주거지, 어느 현장은 조선시대 분묘를 파야할 때가 있다. 그리고 현장에 투입된 조사원의 수, 인부 어르신들의 수도 다르다. 굴삭기 몇 대가 움직였는지, 발굴 진행이 어디까지 진척이 되었는지, 유물은 어디에서 어떤 유물이 나왔는지 등, 기록해야겠다고 작정하면 하루 한두 쪽도 부족할 정도다. 내용은 다 모르지만 내가 이렇게 일지에 별별 것을 다 적고 있다는 것을 우리 팀의 팀원들은 다 안다. 24여 년 손에 기록할 것들을 들고 다니다 보니 회의할 때도 회의 전체 내용은 물론이고 발언자의 내용까지 기록을 해두기 때문에 팀 차원에서 자료를 찾을 때 기억 소환에 한계가 오면 다들 내 일지를 호기롭게 확인 요청한다.

그러다가 이 기록하는 일로 분노할 일도 생긴다. 보고서에 들어갈 유물들을 종류별 세트로 촬영하기로 한 날이었다.

"김선 선생님, 세트 유물 골라주세요."
"나 혼자요? 혼자는 못해요."
"내가 도와줄 게요. 몇 컷 들어가기로 했죠?"
"6컷이요!"
"뭐뭐 들어가죠?"
"뭐더라…… 백자, 분청사기, 백자청화, 금속유물, 기와,
막새, 전돌이었나?"
"김 선생님, 일지에 기록하잖아요. 찾아봐요. 쓴 거 봤어요."
"그날이 며칠이죠? 막내! 우리 몇 컷 찍기로 했지?"

나는 당시 현장에 있었던 막내 연구원을 소환했다. 그런데 돌아온 대답은 기대 밖이었다.

"저요? 저는 모르겠는데요. 들은 적 없는데요."
"뭘 들은 적이 없어. 개별 사진 컷 찍고, 나머지는 다음에 찍

고, 그때 유물 세트 찍겠다고 했잖아. 그래서 6컷 어떤 유물들을 찍겠다고 했는데 기록 안 했어? 기억 못 할 것 같으면 써야지. 나 믿고 안 쓴 거야?"

그만 분노의 잔소리를 늘어놓고 말았다. 주변 선생님들은 말한다.

"당신이 인턴 때 하던 일을 여태 하고 있으니 좋아서 하는 줄 알고 후배들이 안 하지."

일면 억울하면서도 맞는 말이다. 그렇다고 습관이 되어 버린 일을 안 할 수도 없는 일. 불안해서라도 지속하게 된다. '기록이 내 몫'이 된 배경이다.

기록

20여 년 동안 이렇게 기록을 해온 궁극적 이유는 내가 딱히 머리가 좋지 않아서 그날 할 일을 잘 잊기도 하지만, 특별히 유물을 다루는 일을 하다 보니 넘버링을 했는지. 탁본을 했는지, 복원을 어디까지 하고 어디에 놓는지 등등 기록해 놓아야 누가 물어 보면 대답할 수 있기 때문이다.

발굴 보고서 성적 받기

———

고고학자들은 바쁘다. 동료들끼리 있으면 더 솔직히 표현한다. '징그럽게 바쁘다'고. 그렇게 바쁜 이유는, 우선 해야하는 일의 가짓수가 많기 때문이다. 현장에 종사하는 고고학자는 사진을 찍고, 측량을 하고, 삽질을 한다. 그리고 현장을 기록하고, 3D 스캔을 하고 드론도 날린다. 문화재청이나 문화재협회 관련 일도 처리해야 하고, 현장 조사원과 보조원도 챙겨야 한다. 도면을 그려서 보고서를 내고 심지어는 입찰에도 참여해야 한다. 이런 걸 다 할 수 있고, 감당할수 있는 고고학자는 아마 전세계적으로 얼마 없을 것이다. 고고학자들은 한마디로 만능 재주꾼이라고 불려도 손색이 없는 사람들이다.

나의 이야기가 아니라 『고고학이론 껍질 깨기』를 번역한 유용욱 교수님이 「현재 한국 고고학에서 이론의 위치, 또는 옮긴 이후 후기를 대신하는 글」의 일부를 발췌해 정리한 내용이다.

이 글을 읽은 나는 그 가감 없고 적나라한 내용에 속이 후련했다. 현장에서 일하는 내가 이런 얘기를 하면 엄살로 보이거나 생색내기로 오해받기 때문에 나보다 저명한 분의 이런 일갈이 고맙지 않을 수가 없다. 일반적으로 고고학은 영화 속 포장되거나 왜곡된 이미지, 혹은 발굴 현장에서 의미 있는 유구가 나왔을 때 매체를 통해 간접적으로 접하는 것이 대부분이다. 최대, 최초, 최고를 지향하는 바처럼 매번 대중매체에 노출된 고고학의 발굴 성과들이 보이는 이미지의 거반이다. 그러나 고고학에 대한 그런 낭만(?)은 극히 일부다. 현실은 유용욱 교수님의 설명처럼 고되다.

이른바 현장이라고 하는 곳에 들어가는 나와 같

은 필드고고학자들은 출발 전에 갖춰야 할 행정서류들이 상당히 많다. 발굴하는 중간에 현장에서는 학술자문회의를 하는데, 이때 발굴조사를 통해 노출된 유구들은 도면으로 만들어야 하고, 전체 유구 사진, 진행 중인 유구 사진, 세부 유구 사진 등을 분류해 준비해야 한다. 발굴조사 당시 토층에 대한 설명과 유구의 규모, 크기, 용도 등이 세세하게 잘 작성한 원고도 준비해야 한다. 행정 문서 작성은 별도다. 외부에 보낼 발송 문서로는 학술자문회의를 진행한다거나 전문가 검토회의가 필요하다는 서류를 작성해서 문화재청에 발송해야 하고, 이를 위해서는 내부에서도 행정문서가 갖추어져야 한다. 현장을 알리기 위한 자료집도 만들어야 하고, 발표를 위해 PPT도 만들어야 한다.

　　행정가로서의 이런 노동 이외에 현장에서는 유교수님이 책에서 언급했듯이 유구 도면과 ·유구 사진을 찍고 드론을 띄워 유구 전체 전경도 찍어야 한다. 3D 스캔도 해야 하고, 유구 각각에 측량과 레벨 작업도 해야 한다. 이런 일련의 현장 발굴이 종료되고 연구소로 복귀하게 되면 약식 보고서를 작성해야 하며, 완료 신고서 등 제출해야 하는 행정 서류가 수두룩하다. 책임조사원과 조사원이 행정 서류와 약식 보고서를 작성하는 동안 준조사원과 보조원은 유물을 세척하고, 정리하는 작업을 한다.

그러는 사이사이 이전에 발굴조사를 했던 유적의 정식 보고서 발간 작업도 병행한다. 유물 넘버링도 해야 하고, 복원도 해야 하고, 탁본도 해야 하고, 유물 실측도 해야 하고, 전자도면화(일러스트레이션)도 해야 하고, 유구별 좋은 사진도 찾아야 하고. 유물 사진도 찍어야 하고, 원고도 작성해야 하고, '-해야 하고'를 꽁무니에 달고 다닌다. 교수님 표현처럼 세계 어디에 내놔도 손색없는 사람들임은 확실하다.

여기서 끝난 것도 아니다. 발굴조사가 완료되면 2년 안에 보고서를 발간해야 한다. 만약 이 데드라인을 지키지 못하면 6개월 동안 발굴조사 정지를 당한다. 무슨 일이 있어도 발굴조사 보고서는 마감 기한 안에 완료되어 문화재청 등에 발송되어야 하는 것이다.

　　　이쪽 일을 잘 모르시는 분들로부터 간혹 도록으

로도 오해받는 발굴조사 보고서는 점수로 평가 받는다. 제대로 만들어야 한다. 여기서 '제대로'의 의미는 관계 전문가들만 보는 책자라고 해도 꼼꼼함은 기본이고 모든 공정을 철저하게 지켜 제작해야 한다는 것이다. 2년 안에 내는 보고서라 하더라도 꼼꼼하게 작성하지 않으면 점수가 나락으로 떨어질 수도 있다. 보고서에 대한 평가는 전년도에 발간한 보고서가 기준이다. 몇 명의 전문가로 구성되어 있는데 모두 익명으로 평가하기 때문에 누가 어느 보고서를 평가했는지 전혀 알 수가 없다. 어느 해는 98점, 어느 해는 90점을 받는 경우가 있어 각각의 연구기관과 연구원마다 희비가 엇갈린다. 다만 90점을 넘으면 이의제기를 할 수 없고, 90점 미만의 경우에만 이의제기를 할 수 있다. 발굴조사도 입찰을 하는데 이럴 때 보고서 점수의 0.1점은 당락의 중요 변수가 되기 때문에 보고서 발간은 절대 대충 만들면 안 되는 작업이다.

세계고고학대회가 2020년도 체코 프라하에서 개최된다고 당시 서울대 의대 교수님께서 같이 발표하자는 연락을 주셨을 때다. 영어 울렁증 있는 내가 무엇을 발표할 수 있을지 묻자 교수님은 우리나라 발굴 방법만 발표해도 충분하다고 하셨다. 그 만큼 우리나라 필드고고학자들의 발굴 기술과 기법은 세계 정상급이라며 치켜세워주신 건 덤. 뿐만 아니라 우리는 매우 부지런하고 성실하다. 일전에 인도차이나반도 내에서 라오스 미얀마 캄보디아 등의 문화재 복원 사업을 하고 있는 한국문화재재단 관계자 통해 들은 얘기다. 전세계 문화재 대국들의 문화유산ODA 각축전이 벌어지고 있는 그 현장에서 유럽 선진국들에 비해 한국은 진출이 많이 늦었음에도 현재 한국의 영향력은 상당히 올라가 있다. 한번은 땅이 수개월 젖어있는 우기에 A국이 복구 중인 현장의 유적이 무너져내리는 일이 있었다고 한다. 우리나라 연구원들이었다면 아마 이유 불문, 바로 복귀해 수습했을 것이다. 그러나 A국 연구원들은 우기가 다 끝나고 복귀해 수습했더라는 것이다.

한국인들의 근면은 사회 어느 분야에서나 단연 빛나지만, 문화재 관련 일, 특히 고고학에서도 예외는 아니다.

낙단보의 추억

2011년 4대강 사업이 진행 중일 때였다. 사업 구간 중 낙단보 공사구간에서 마애불좌상이 신고 되었다. 낙단보 조사는 제 2의 마애불이 주변에 존재하고 있다는 주장이 제기되면서 진행됐다.

마애불은 자연암이나 동굴벽 등에 불상을 새긴 것이다. 4대강 공사 중에 엎어져 있는 마애불을 인식하지 못한 채 구멍 뚫는 작업을 하다가 이상해서 조사를 중지하고 보니 마애불이 있었다고 한다. 마애불좌상의 광배에는 구멍이 뚫렸고 공사 중 훼손이 되어 조사는 중지됐다. 이에 종단에서는 스님들과 직원들이 그 지역에 가서 1,080배를 하였다.

그 당시, 나의 체력은 그 누구도 따라 올 수 없을 정도로 좋았었다. 1,080배를 하는 동안에도 단 한 번도 게으름을 피우지 않고 스님의 죽비에 맞춰 열심히 절을 했었다. 연구소에서 집까지 약 1시간을 걸어 간 후, 집 근처에서 1시간 동안 수영을 하고, 매주 산행을 다녔을 정도였다. 1,080배를 하고 이튿날에도 혼자 뛰어다녔던 기억이 난다. 지금은 최악의 저질 몸상태인지라 체력만큼은 그 당시로 돌아가고 싶다.

　　　낙단보 유적은 대략 5월-6월, 10월-11월까지 두 차례에 걸쳐 조사를 진행했다. 그러나 별다른 성과는 없었다. 5미터가 넘는 견치석을 확인했을 뿐이다. 그렇게 조사는 마무리 되었다. 그러나 추억이 남았다. 그리고 조사 중이던 사진이 남았다. 사진에는 견치석에 매달린 두 사람이 먼저 보인다. 좌측에 얌전한 자세로 작업하고 있는 이가 인부 어르신이다. 그리고 우측에 붉은 점퍼를 입고 짝다리로 매달린 사람이 나다. 보기에는 낮아 보이지만 2미터 이상을 올라가서 석축을 호미로 정리하고 있는

견치석에 매달려

유구가 있는지 확인하기 위해서 트렌치를 넣고 견치석에 매달려 흙들을 긁어내는 작업을 했다. 오른쪽이 책의 저자다.

모습이다.

　　당시 두산건설의 대리님이 매일 현장을 체크했는데, 어느 날은 나의 측량하는 모습을 보더니 "토공과 나오셨어요?"라고 물었다. 고고학과를 나왔다고 하자 "에이, 토공과 출신이 맞네요."라며 신분을 속이지 말라고 하고는 뒤돌아갔다. 대리님은, 측량 지점을 살펴 볼 때 측량기에 달려있는 3개의 꼭지점에 측량지점 위치를 확인한 후 렌즈를 통해서 위치를 봐야 헤매지 않고 정확한 지점을 볼 수 있기 때문에 이러한 정황을 정확히 파악하는 경우 토공과 출신이라고 확신에 차 내 전공을 결론냈다. 일면 칭찬이었다. 그런데 이번 기회에 밝히지만 필드고고학을 하는 사람들은 대부분 측량쯤은 눈감고 한다. 측량 사다리는 던지면 알아서 수평 맞춰 준다고도 할 정도다. 그리고 '라떼는' 평판측량도 했었다.

호미와 황금 트롤

"김 선상, 으디여?"

"네, 저 창녕 현장에 있습니다"

"아따 멀리도 갔네, 김 선상 쓰던 호미 있으면 하나 챙겨와!"

"제가 쓰던 호미요? 마이 닳았는데요."

"응, 닳은 거 가지고 와, 흙 씻지 말고 고대로 가지고 와."

국립고궁박물관에서 '고궁연화(古宮年華)'란 제목으로 특
별전을 개최한 적이 있다. 고궁연화는 경복궁 발굴·복원
30주년을 기념해 경복궁의 발굴과 복원 과정을 전시한
특별전이었다. 경복궁의 사계절과 옛 궁궐의 모습을 찾기

위해 노력한 사람들의 이야기가 중심이 되어 꾸며졌었다. 전시장에 들어서면 처음에 발굴조사한 사람들의 이야기를 들려주는데, 실제 발굴했던 조사원들을 인터뷰하는 형식으로 질의응답이 이루어지면서 그 과정들을 생생하게 들을 수가 있었다. 전시장 왼쪽에는 발굴 장비들이 한 면을 차지하고 있었다. 측량기, 함척, 호미, 트라울, 솔, 카메라 등 발굴할 때 꼭 필요한 도구들이 전시되어 있었다. 그 전시장에 나의 호미가 위풍당당하게 전시되었다. 전시홍보 과장님이 전시 해설에서 "발굴장에서 고고학자가 어제까지 사용했던 호미입니다."라고 소개한 덕분에 호미의 관심도가 높았다는 후문이다.

당시 전시는 언론 보도를 통해 상당한 지지를 받았고, 사람 향기가 나는 전시를 해야 한다는 담당자의 신념이 잘 녹아 있었다. '고궁연화'전은 사람 향기가 가득했다. '고궁연화'는, 경복궁을 오랫동안 발굴한 필드고고학자들의 이야기를 인터뷰 형식을 빌어 내용을 전개하고, 경복궁에서 출토된 유물과 기록들이 전시되었는데 가장 핵심은 사람이었다. 경복궁 발굴현장에서 조사를 한 사람

'고궁연화'에 전시되었던 호미

특별전 '고궁연화'는 경복궁을 오랫동안 발굴한 필드고고학자들의 이야기를 인터뷰 형식을 빌어 내용을 전개했다. 경복궁에서 출토된 유물과 기록들도 전시되었지만, 가장 핵심은 사람이었다. 경복궁 발굴현장에서 조사를 한 사람들에 대한 이야기였다.

들에 대한 이야기였다.

전시 마지막 코너에는 그 현장에서 일했던 사람들의 이름이 별똥별처럼 내리고, 벚꽃이 흩날리듯 이름이 하늘로 떠올랐다. 발굴에 참여한 사람들을 귀하게 여긴 전시였고, 감동적인 기획으로 내내 기억될 것 같다.

나는 당시 주중에는 발굴현장에 있었던 시기라 주말을 이용해 부랴부랴 전시를 보러 갔었다. 내 호미가 전시된 것을 보니 '고고학자보다 핫한 호미'라고 말한 전시홍보 과장님의 말은 과장이 아니었다. 전시를 봤다는 지인들로부터 연락이 왔다.

　"이 호미가 니 호미냐?!"

황금 트롤

　　　트롤은 현장에서 토벽(토층)을 다듬거나 바닥을 고르게 긁는데 사용하는 최적화된 도구이다. 내가 쓰는 트롤은 미국회사에서 제조한 마셜 타운이다. 이 트롤을 내가 언제부터 사용했는지는 기억이 나지 않는다. 다만 어느 순간 트롤이 많이 닳아서 작아졌고, 현장에서 일하다가 누가 부르면 내팽개치고 다니다 보니 어느 날부터인가 누군가가 내 트롤을 챙겨주기 시작했다. 아마도 이때부터 내 트롤이라는 인식이 생기기 시작했던 것 같다.

원체 작고 닳아서 누가 봐도 이건 '김 선상 것'이 되어 버렸다. 현장에 두고 다니면 현장 어르신들께서 "내가 김 선상 꺼 챙겨뒀어."라며 잘 챙겨 주셨다. 많이 닳아서 작아지기도 했고, 힘을 받지도 못할 정도의 크기가 되었다. 트롤에 조금만 힘을 주면 빙글빙글 돌았다. 그래서 새 것을 준비했는데 이것마저도 벌써 많이 닳았다. 그 트롤이 이제 더 이상은 사용할 수 없는 현장 도구임에도 버릴 수가 없어 현장 가방에 넣어두고 다닌다. 책 이외에는 애착을 갖는 물건이 없는 편인데, 이 트롤은 오랫동안 사용했던 탓인지 무의식 중에 애착 관계가 형성된 것 같다. 몇 년 전이 트롤을 현장에서 도무지 찾을 수가 없어 포기한 적이 있다. 많이 섭섭했는데 아니나 다를까 어르신들이 잘 챙겨 두셨다가 주셨다. 지금도 가끔 작아진 트롤을 보면서 현장에서 열심히 땅을 긁었던 나를 생각한다.

아주 예전에, 교수님들은 본인들의 작아진 트롤에 금도금을 해서 황금트롤을 만들어 기념으로 간직 했다고 한다.

트롤

트롤은 현장에서 토층을 다듬거나 바닥을 고르게 긁는데 사용하는 최적화된
도구이다.

야장

　　야장은 야외에서 작업을 할 때 필요한 자료들을 기록하는 것을 말한다. 즉, 필드고고학자들에게 있어서 매우 중요한 기록 중 하나이다. 그래서 야장은 개인의 고민과 현황을 함께 살펴 볼 수 있는 아주 좋은 기록물이다. 발굴 현장이 매번 같을 수 없고, 고민 없는 현장이 없을 수 없다. 그래서 내가 기록한 것들이 비록 당시에는 틀렸다고 하더라도, 남겨 두는 일은 매우 중요하다. 당시 현장의 상황을 바라보는 관점이기 때문에 이후의 결과와는 다를 수 있지만, 약측한 평면도 또는 평면도에 기록한 숫자, 약측한 토층도와 토층을 구분하는 자료들은 매우 중요하며 요긴하게 쓰인다.

     발굴에서 매우 중요하게 생각하는 게 토층이다. 토층은 차곡차곡 쌓여져 온 시간의 지층으로 보면 되는데 땅 속을 조사할 때는 이 토층을 잘 보존해야 한다. 현재 우리가 밟고 있는 땅은 표토다. 그 아래에 시간의 순서에 따라 층이 쌓여져 있다. 현재, 근대, 조선시대, 고려시대, 통일신라시대, 삼국시대 이렇게 나누는 것을 문화층이라고 한다. 큰 문화층 안에서 고려시대 층위만 살펴보면 그 안에서도 여러 가지 증거가 남는다. 건물을 세우기 위해서 땅을 다진 흔적, 건물을 세운 흔적, 건물이 불에 타서 무너진 흔적, 그리고 다시 건물을 세우기 위해서 흙을 덮은 흔적 등. 그리고 그 속에는 유물들도 포함되어 있다.

따라서 토층을 통한 시간의 해석이 매우 중요하고, 이것이 역사적 문헌에서 나오는 것과 일치할 때는 물질로서 증명한 사례가 된다고 볼 수 있다. 가령 문헌에 '어느 사찰은 어느 시기에 불이 나서 전소되었다'라는 기록이 있다면, 토층에서 소토층(불에 탄 흔적)이 확인된다. 역사적 사실이 고고학을 통해 명확하게 증명이되는 것이다. 토층도는

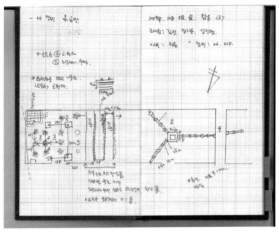

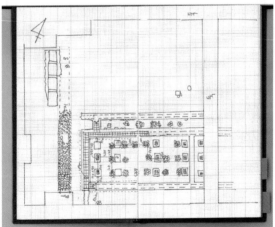

야장들

야장은 필드고고학자가 현장의 상황을 바라보는 관점이기 때문에 이후의 결과와는
다를 수 있지만, 약측한 평면도 또는 평면도에 기록한 숫자, 약측한 토층도와 토층을
구분하는 자료들은 매우 중요하며 요긴하게 쓰인다.

이런 토층을 도면으로 만드는 것을 의미한다. 그래서 야장은 필드고고학에서 매우 중요한 기록물 중 하나다. 이기록은 발굴이 끝난 후 약식 보고서나 정식 보고서를 작성할 때에도 매우 큰 도움이 된다. 현장에 참여한 조사원은 누구를 막론하고 야장을 기록해야 한다. 당일 누가 왔다 갔는지, 조언한 사람들, 어르신들과의 재미나 에피소드까지 기록에 남겨야 한다.

몇 년, 몇 월, 며칠, 날씨, 요일, 실제로 투입된 날짜. 현장투입 조사원 이름, 인부 어르신 몇 명, 장비 몇 대 등은 기본적으로 기록해야 한다.

「OOOO년 OO월 OO일, O요일, 날씨, 실조사일
　조사원: 책임조사원, 조사원, 준조사원, 보조원
　인 부 : O명, 장비 : O대」

개인적으로 한마디 더 첨언하자면, 기록하는 일이 재미있지는 않다. 바쁜 일정 속에서 기록을 하려면 시간을 따로 내야 하거나 틈틈이 써야하기 때문에 쉬는 시간이 그만큼

줄어든다는 의미를 내포한다. 현장에서 5-10분의 휴식은 달콤하다. 그 달콤함을 야장 쓰는 시간으로 대체하는 것이다.

나는 야장에 4색 볼펜이나 색연필을 가지고 색칠을 한다. 마치 색칠공부를 하는 것처럼.

덧붙여 발굴조사 현장에 의무적으로 세워두는 안내판(입간판)이 있는데 이 경우도 기록해야 할 항목이 정해져 있다.

1. 조사명 : ○○지역 ○○○사지 발굴조사

2. 허가번허 : 2023-0000호(문화재청 허가번호)

3. 조사기간 : 2023년 ○월 ○일부터(실조사일 수 ○일)

4. 조사지역 : ○○도 ○○시 ○○면 ○○리 ○○번지 일언

5. 조사면적 : ○○㎡

6. 조사기관 : ○○○○○연구소(전화번호: ○○-○○○-○○○)

이 지역은 매장문화재 보호 및 조사에 관한 법률 제 11조

및 동법 제14조에 의거하여 문화재청장의 허가를 받아 발굴조사를 시행하고 있는 지역입니다.

안전사고 예방 및 유적 보호를 위하여 무단출입을 삼가주시기 바라며, 현장에 용무가 있으신 분은 미리 조사팀에 문의하여 주시기 바랍니다.

문화재청장, ○○○○연구소장

제주목 관아지에서 야장 작업을 하던 모습 스케치

야장은 야외에서 작업을 할 때 필요한 자료들을 기록하는 것으로, 필드고고학자들에게 매우 중요한 기록 중 하나이다. 현장 상황은 물론 발굴 중인 개인의 고민도 함께 살펴 볼 수 있는 기록물이다.

유구 보존과 실측

　　고고학 발굴조사 완료 이후 유구가 매우 드물거나 귀한 유적의 경우 보존 조치가 내려지는 경우가 있다. 문헌에서는 언급되지만 실체가 확인되지 않은 경인궁으로 추정되는 유적을 발굴했을 때의 일이다. 일반 건물지에서는 보기 힘들 정도로 배수로를 만들기 위해 큰 돌들이 잘 만들어져 있었고 배수로 자체도 정성을 들여 조성되어 있었다. 따라서 그 근처에 경인궁이 있지 않을까 조심스럽게 추정했다. 그런데 그곳에 게스트하우스를 짓기 위해 조사를 하면서 완벽한 배수시설이 나타난 것이다. 건축주는 배수로가 잘 남았으니 지하에 유구를 보존하여 사람들이 오고가며 볼 수 있도록 전시하겠다고 했다. 매우 드문 경우인데 이로 인해 고고학 전공자인 내가 유구 보존조치 입회조사를 진행하게 되었다. 일단 유구가 훼손되지 않게 건물을 조성해야 해서 매일 현장에 나가 확인하는 작업을 하고, 그 결과서를 작성했다. 그런데 고고학 전공자가 유구보존조치 입회조사를 진행하면서 결과서를 작성하는 일에는 많은 어려움이 있었다. 보존처리 약품명도 잘 모르겠고, 유구 보존처리 과정을 본 적이 없거니와 주변에서도 보고서를 가지고 있는 연구자들이 없어서 여기저기 구걸하듯 귀동냥을 해야 했다.

어지간한 유구들은 이전 복원하거나 복토 복원을 하지만 원형 보존은 거의 없기 때문에 무척 고민했던 유구였다. 이렇게 써라, 저렇게 써라 많은 조언을 해주었지만 막상 순화된 언어로 보고서를 쓰려니 너무 힘들었다. 그래도 보존관리전검표(안)도 만들고, 보존관리 활용의 중요성도 제시해 보고서를 완성했다. 쓰고 나니 20여 페이지밖에 안 되었지만 굉장히 뿌듯했다. 스스로 잘 썼다고 생각하는 보고서는 시간이 지나고 나서 살펴봐도 뿌듯한 것 같다.

청동기시대 주거지 발굴

주거지에서 출토된 토기 복원 전

토기 복원 중

토기 복원 완료

실측

"곧 오십인데 아직도 실측해?"

"네, 네, 곧 오십인데 현장도 뛰고, 실측도 하고, 일러도 하고, 가지가지 합니다. 실측할 때 논문 구상도 하고, 제가 실측을 나름 즐깁니다. 히힛!"

발굴이 끝나고 나면 현장에서 수습한 유물들을 세척하고, 넘버링을 하고, 복원을 하고, 보고서 작업을 위해 실측을 한다. 우리팀에 신규 직원이 오면 우리 팀장은 나를 늘 이렇게 소개한다.

"김선 선생님은 서울 시내에서 세 손가락 안에 드는 실력자예요."

서울 시내에 있는 기관이 우리 기관 포함해 두 곳뿐인데, 3등이면 등수 안에도 못 들잖냐고 너스레하지만 어쨌든 인정해서 해주는 말이다. 나는 실측을 잘한다. 자부하는 부분이다. 20여년 이상을 해 온 일인데 못 할 수도 없다. 가끔 지인 선생님들께도 연락이 온다.

"김 선생님한테 배웠으면 믿을 수 있죠"

신규직원이 입사하거나 실습, 인턴 학생들이 오면 실측과
관련해 교육을 하거나 혹은 실측 방법을 일일이 앉아서
알려주고 체크하기엔 바쁘기도 해서 연구소 내 교육용 교
재를 만들어 볼까도 했었다. 사실 실측을 알려주고 나면
1~2년 후에 다른 기관으로 이직하는 연구원들을 보며 앞
으로 실측을 알려줄 필요가 있을까 고민한 적도 있긴 하
다. 그런데 그런 교재는 만들지 말라는 말을 들었다. 이유
를 물으니 나만의 특화된 기술과 노하우인데 모든 지식을
담은 교재를 만들고 나면 나의 가치가 없어질 것이라는
것이다. 틀린말은 아니지만 그렇다고 맞는 말도 아니다.
업무의 진행으로 봤을 때 교재가 있는 편이 좋다는 생각
에는 지금도 여전히 변함이 없다. 그리고 실무 3년차 정도
되면 "나만큼 한다."라고 기본적으로 생각하기 때문이다.
과거에는 발굴만 잘하는 대학, 보고서만 잘 쓰는 대학, 논
문만 잘 쓰는 대학 등으로 나뉘었지만, 현재는 발굴하는
기관도 많아졌고, 그 인력들이 각 지역으로 퍼져 나갔기
때문에 기관이나 학교 등 지역적인 특성이나 차이가 거의

실측 도구들

유물을 실측할 때 간단한 도구들을 사용한다. 바디는 유물의 단면이나 입면을 그리고, 디바이더는 측점을 보정하는 데, 캘리퍼스는 단면의 두께를 잴 때 용이한 도구들이다.

없어졌다. 평준화 된 것이다. 아마도 나에게 이런 충고를
한 선생님은 옛날 방식인 도제식을 선호할 수도 있다.

몇 년 전에 발굴과 보고서의 프로세스를 전혀 모
르는 사람 때문에 업무가 힘들었던 적이 있었다. 그래서
발굴 과정 전반을 프로세스화 했다. 처음 발굴하기 전에
사업자나 청으로부터 받은 공문 처리를 시작으로 해서 발
굴과정에서 나타날 수 있는 여러 가지 제반 사항을 엑셀
로 작업했고, 보고서 작업도 원고 작성 매뉴얼부터 유물
세척에서 분류 등등 일련의 과정을 엑셀로 만들었던 적
이 있다. 혹자는 발굴의 프로세스와 보고서 프로세스, 그
리고 실측의 필요성과 유물별 실측하는 방법 등을 책으로
출간해서 연구소든 아니면 앞으로 고고학을 시작하려는
초보자를 위한 교재를 만들어 보라고 권했다. 부록으로
'매장문화재 보호 및 조사에 관한 법령'이나 국가귀속 유
물 등도 추가하라면서. 한번 해볼 만하다는 생각이 들었
다. 그러나 그 과정이 쉽지 않음을 알기에 아직도 뭉그적
거리고 있다.

①

실측예

크리스마스도 흑산도에서 보내야 할 상황이라 입이 댓 발 나온 상황에 설상가상 흑산도에 들어가는 일도 쉽지 않았다. 목포에서 흑산도까지 들어가는 배편이 바람이 많이 불어서 취소된 것이다.

PART

4

고고학을 통해 만난 나의 이웃들

크리스마스에 팥죽을 먹다

흑산도는 전남 신안군에 위치한다. 흑산도 읍동마을은 대흑산도 북쪽에 자리한 상라산 아래에 위치한다. 읍동마을 서쪽에는 흑산도 주변을 조망할 수 있는 상라산(해발 229미터)이 있고, 상라산 줄기는 읍동마을의 북동쪽을 제외한 사방을 감싸고 있다. 북동쪽에는 내영산도와 외영산도가 위치하고 있어 다시 한번 읍동마을을 감싸 안고 있다.

흑산도 무심사지. 이곳의 첫 조사는 코로나 상황이 1년 지속되고 있던 2021년도 4월이었다. 조사결과 목탄층(불에 탄 층) 및 수혈유구 5기 등이 확인됐다. 출토된 유물은 어골문 기와편, 선문기와편, 월주요 청자편, 토기편 등이었다.

흑산도 현장에서의 일몰

흑산도에서의 발굴과 어른신들과의 작업은 고생 중에도 즐거웠다..

섬 발굴은 2009년 제주목관아지와 항파두리가 처음이자 마지막이었는데, 섬에서의 발굴이 남다른 이유는 기상 상황에 따라 변동이 많아서이다. 바람이라도 많이 부는 날이면 배가 뜨지 않아 꼼짝없이 갇혀 있어야 하는 곳이 섬이다. 계획을 갖고 움직여야 하는 발굴팀은 그것만큼 난처한 일이 없다.

흑산도 발굴 가방을 싸려고 보니 4월의 날씨는 평균 13도로 애매했다. 겨울바지와 여름바지를 한 벌씩 준비하고 두꺼운 후드티와 얇은 면티와 티셔츠 몇 장, 두터운 외피 외에 이것저것을 챙기니 백팩이 금세 빵빵해졌다.

현장에 가기 전 개인 가방을 싸는 것부터 고고학의 시작이다. 개인 짐뿐만 아니라 현장에서 필요한 장비를 포함해 체크할 것들이 의외로 많다. 당연히 연구소에 복귀했다고 끝이 아니다. 돌아와 이 짐들을 다 풀어놔야 제대로 된 '끝'이 된다. 21년 흑산도 발굴엔 마스크도 상당히 많이 챙겨야 했다. 가방 챙기는 내내 중얼거리듯 주문처럼 혼잣말을 했다.

'따뜻했으면 좋겠네….'

흑산도 조사는 남자 어르신 없이 어머님들 네 분으로만 구성되었다. 흑산도 조사 마지막 날에는 오전 8시 갑바를 덮고 현장을 정리하는 데 한 시간이 소요되었다. 어머님들에게 고생하셨다고 이제 댁으로 가셔도 된다고 하니 연구원들 위해 준비했다며 차를 가지고 오셨다. 마차에 깻가루를 잔뜩 넣은 것을 한 잔씩 주시는데 그 맛이 어찌나 건강하고 정다운 맛인지, 돌아온 이후에도 가끔 그 '차'가 생각이 난다. 어머님 네 분은 "그라제"라는 추임새를 자주 쓰셨다. 전국을 돌며 발굴을 하다 보니 웬만한 사투리 대응은 잘하는 편이고 새삼스러울 게 없는데, 유난히 정이 가는 방언이 있다. "그라제"가 그랬다.

5일간 함께 하는 동안 정이 든 어머님들은 "이렇게 힘든 일을 우째 하냐"셨다. 이때다 싶어 이어 조사 예정인 8월에도 같이 일하자고 했는데, 그 제안에는 고개를 저으셨다. 그러면서도 태풍에 갑바 날아갈 걱정을 미리 하시며 가끔 와서 봐주시겠다는 말씀을 하셨다.

8개월이 지났다. 나와 우리 팀은 2021년 12월 급하게 흑산도 발굴현장에 들어갔다. 시굴조사가 끝나고

8월쯤이면 올 수 있을 거라 했으나 다른 현장의 일들이 계속 생겨서 늦은 12월 중순이 되어서야 들어간 것이다. 크리스마스도 흑산도에서 보내야 할 상황이라 입이 댓 발 나온 상황에 설상가상 흑산도에 들어가는 일도 쉽지 않았다. 목포에서 흑산도까지 들어가는 배편이 바람이 많이 불어서 취소된 것이다. 할 수 없이 목포에서 하루를 묵고 다음 날 들어가는 일정으로 조정했다. 현장에 들어가지 못해 근처에서 하루를 허송한 건 처음 있는 일이었다.

섬 발굴은 2009년 제주도가 처음이었고, 제주도는 비행기를 타고 갔었다. 제주도도 비행기가 못 뜨는 날도 있다고 하지만 배편만큼은 아니지 않을까. 발이 묶이고 숙소에 들어앉아서는 내일 풍랑도 걱정했다가 혹시 해를 넘기고 섬 밖으로 나오는 건 아닐까 별의별 생각을 하며 대기했다.

현장에 도착한 날 가장 먼저 맞아주신 분들은 4월에 함께했던 '핑클 어머님들'이었다. 나보다 전에 미리 들어가 있던 팀장을 통해 어머님들 안부를 들었는데, 어머님들이 나를 찾으셨다고 했다.

흑산도 현장은 커피 마시는 것도 쉽지 않을 것 같아서 12

티타임

작업을 도우신 어머님들에게 고생하셨다고 이제 댁으로 가셔도 된다고 하니 연구원들을 위해 준비했다며 차를 가지고 오셨다. 마차에 깻가루를 잔뜩 넣은 것을 한 잔씩 주시는데 그 맛이 어찌나 건강하고 정다운 맛인지, 돌아온 이후에도 가끔 그 '차'가 생각이 났다.

커피타임

흑산도 현장은 커피 마시는 것도 쉽지 않을 것 같아서 별다방 브랜드의 크리스마스 커피콩 원두를 사가지고 들어갔다. 숙소에서 매일 밤 열심히 분쇄하여 매일 아침 현장에서 '흑산도 바리스타 미쓰 김'이 되었다.

월에는 별 브랜드의 크리스마스 커피콩 원두를 사가지고 들어갔다. 숙소에서 매일 밤 열심히 분쇄해 매일 아침 현장에서 '흑산도 바리스타 미쓰 김'이 되었다. 연말까지 흑산도에 갇혀서 발굴을 하면 각자가 받는 스트레스가 많고, 피곤하고 짜증날 텐데 이런 소소한 미친 짓이라도 해야 좀 덜 지루하지 않을까 싶어서 준비한 방편이었다. 그런데 정말 잘한 일이었다. 오래된 내 숙소와 현장 사무실에도 커피 향이 가득 찼다. "커피 타려고 박사했어요?"라는 우스갯소리도 들었지만, 모두 조금씩 즐거웠으니 좋았다.

21년도 12월 22일은 동지날이었다. 들어올 땐 투덜댔지만 흑산도에서 보내는 동지는 좀 특별했다. 흑산도 칠락사 비구니 스님께서 우리를 초대해 팥죽을 대접해주신 것이다. 직접 빚은 새알을 넣어 정성껏 끓인 전라도식 팥죽은 설탕을 넣어 먹는 거라고 했다. 경상도는 소금을 넣어 먹는다고 했다. 전라도는 염전이 있어서 소금은 흔하니 귀한 설탕을 뿌려 먹었고, 경상도는 설탕공장이 있었으되 소금 생산이 없으니 귀한 소금을 넣어 먹었냐며

실 없는 소리도 하며 맛있게 먹었다. 전 년도에는 애동지라고 해서 팥죽을 먹으면 아이들이 많이 죽는다고 해 먹지 않았는데, 당해에는 배부르게 먹었으니 나쁜 일은 없고, 좋은 일들만 생길 것 같은 기분이 들었다.

동짓날 이틀 후인 크리스마스 이브에도 나와 우리 팀은 흑산도에 머물렀다. 그런데 마을의 어르신 한 분이 돈 자랑을 하시다가 어머님들께 탈탈 털리시고 홍어 파티를 열었다. 직접 잡은 문어 숙회와 생선조림까지 나왔다. 어머님들께서 육지에서 먹을 수 있는 고기 수육 따위는 먹지 말라며 솜씨 좋은 어머님 두 분이 직접 홍어를 해체하셨다. 요즘 홍어를 해체할 줄 아는 사람이 없어서 목포에서는 교육생을 키워내고 있다고 한다. 서울 촌놈인 우리는 그렇게 냄새 안 나는 홍어를 먹어 본 적이 없었다. 오돌뼈를 씹는 듯한 맛의 홍어는 처음이었다.

자문회의가 있던 날은 오전 7시 50분 쾌속선을 타고 자문위원들이 10시 10분에 흑산도 도착해 10시 20분부터 자문회의를 시작했다. 11시 10분 배로 나가야 해서 10시 50분경에 자문회의가 완료됐다.

'오늘 오후부터 기상이 악화되어 오늘 못 나가면 2022년 도에나 나갈 수 있다'고 했다. 우리도 2시 배를 타려면 1시까지 선착장에 대기해야 해서 어르신들과 부랴부랴 현장을 정리하고, 갑바를 덮고, 차량으로 물품을 옮기고, 복토를 한 후 신속하게 점심을 먹었다. 어머님들과 어르신들께도 내년에 또 뵙자며 이별 인사를 하고 얼추 2주간의 발굴을 마쳤다. 4시간 배를 타고, 또 4시간 자동차를 타고 서울에 입성. 고단했지만 흑산도에서의 발굴과 어른신들과의 작업은 즐거웠던 시간으로 남았다.

낭만 고고학은 없다

1. 이야기 하나 2012년과 2015년, 각각의 현장에 각각 두 명이 현장 경험을 하고 싶다며 한 명은 교수를 통해, 또 한 명은 본인 선배를 통해 발굴현장에 왔었다. 그런데 딱 일주일만 일을 하고는 떠나가 버렸다. 아침에 전화를 해도 안 받고, 한 명은 현장 사무실 열쇠를 통째로 들고 잠수했다. 이런 일은 우리 현장뿐만 아니라 다른 기관의 현장에서도 종종 벌어지는 일이다. 본인들이 원해서 온 만큼 소개해준 선생님들에 최소한 민폐가 안 되게 해야 하는데 노력조차 하지 않는 것 같아서 안타까웠다.

2. 이야기 둘 신문에 난 기사나 교수님들이 기고하는 글들을 보면 발굴이란 참으로 낭만스럽기 그지없다. 발굴 결과물을 가지고 역사적 해석을 하고, 스토리를 구성하고, 살짝 본인의 발굴 경험까지 곁들이면 참 재미있다. 그런데 그 과정이 참으로 쉽지 않다는 것을 대부분은 모른다.

발굴을 한다고 하면 인디아나 존스처럼 모자를 쓰고 멋진 옷을 입고 폼 잡으며, 붓질이나 하고 있는 줄 아는데 실상은 삽질과 호미질, 곡갱이질은 물론이고 현장에 물이 차면 허벅지까지 오는 장화를 신고 양수기로 물을 빼러 들어가는 일이 허다하다.

한때는 개인의 논에 시굴 트렌치를 넣고 나서 복토를 해주고 물을 채워준 후 하루 종일 모내기를 한 적도 있었다. 인부 어르신들과 일렬로 줄을 서서. 어르신들도 처음, 우리들도 처음이었다.

3. 이야기 셋 2006년 까까머리 꼬맹이는, 내가 군위 인각사 현장에 있을 때 만났던 당시 학부생이었다. 현장을 떠날 때 배꼽 인사를 하며 차가 안 보일 때까지 자리를

지켰던 아이다. 2009년에 인각사 청동 유물을 발굴했던 그 아이가 십수 년만에 드뎌 말문을 열었다.

"쌤, 그때 무섭게 다그치셨어요"

"내가 그랬나? 니들 나 겁나 싫어했겠구나!"

"원칙을 지키지 않았다고 혼내셨잖아요. 그리고 무조건 사진으로 꼭 남기라고 하셨어요."

막 군 제대를 해서 까까머리였던, 심난하면 머리를 빡빡 밀거나 노랗게 물들였던 후배였다. 잠시 고고학을 떠나겠다고 선언했을 때 많이 섭섭해 설득도 해봤고, 협박도 해봤지만 너무나 완고했다. 고고학이 하고 싶지만 더 이상 할 수 없다고 했다. 결국 내가 할 수 있는 건 잘 보내주고 돌아 올 수 있는 여지를 만들어 주는 거라 생각했는데, 어느 날 통통하게 살이쪄서 나타났다. 매년 연말이나 연초에 연락하던 녀석이 연락이 없길래 고민이 많으면 잠수타던 녀석이니 조용히 기다렸는데 연락이 온 것이다. 맛난 갈비를 먹고 싶다며.

그런데 이 녀석이 약 3년만에 고고학이 다시 하고 싶다는

극한 직업 고고학, 그럼에도 낭만 고고학

발굴을 한다고 하면 인디아나 존스처럼 멋진 모자를 쓰고 멋진 옷을 입고 폼 잡으며, 붓질이나 하고 있는 줄 안다. 실상은 삽질과 호미질, 곡갱이질은 물론이고 현장에 물이 차면 허벅지까지 오는 장화를 신고 양수기로 물을 빼러 들어가는 일이 허다하다. 한때는 개인의 논에 시굴 트렌치를 넣고 나서 복토를 해 주고 물을 채워준 후에 하루 종일 모내기를 한 적도 있었다.

것이었다. 마침 내가 경희궁 발굴을 할 때여서 취업하기 전까지 공백기간이 있으니 잠시 일을 하며 현장을 익히라고 아르바이트를 시켰다. 역시나 공백기간이 있었어도 잘했다. 여전히 한 팀으로 일하고 싶을 만큼. 지금은 모 기관에서 아주 일을 잘하고 있다는 소식을 들었다. 기관의 팀장이 되었다고 한다. 최근 기사화 되기도 했던 고려시대 남경을 밝힐 수 있는 아주 귀한 유적을 발굴하였다는 소식도 들었다. 어디서든 잘 할 거라 생각했고, 함께 일하지 못한 아쉬움이 많은 친구다. 그럼에도 불구하고 다른 기관에서 인정받고 일하고 있으니 기쁘기만하다.

논문 심사자의 환희

"OO대학교입니다. 김 선선생님되시죠?"

개인 핸드폰도 아닌 연구소 내선으로 전화가 왔다.

"OOO논문 심사 부탁드리려고 전화드렸습니다."

"저는 고고학 전공자라서 저보다는 다른 분께서 하시는 게
좋을 거 같은데요."

"발굴해서 나온 유물이고, 선생님을 추천해 주셨습니다. 꼭
부탁드립니다."

요즘 이런 전화를 꽤 많이 받는다. 석사 논문은 신석기인데, 발굴은 사찰이나 폐사지를 중심으로 조사를 하고, 최근 몇 년 동안 사찰과 관련된 논문만 썼더니 고고학과 미술사의 경계, 그리고 발굴해서 출토된 유물들을 중심으로 심사의뢰가 온다.

논문을 받아보고 일전에 공부했던 내용도 있어서 잘 살펴보니, 심사자로서 조금만 정리하면 좋은 논문이 될 듯하였다. 그래서 심사 평가서에 표를 예시로 만들어 주고, 지도의 활용성과 중요성을 제시해 주었다. 형식분류 방법, 순서배열 방법, 그 안에서 편년을 확인하는 방법 등도 세세하게 알려주었다. 그렇게 심사서를 제출했는데 해당논문이 당해에 발간되지 않았던 모양이다.

그 해 가을, 비슷한 논문을 심사해 달라는 요청이 왔다. 머리말을 보니 지난 번 논문과 매우 유사해서 논문 제목만 바뀌었나보다 하고 분노하려던 차에 내용들을 살펴보니 이게 웬일인가, 제목도 확장했고 수정하라고 했던 부분과 표를 제시하면서 고치라고 했던 부분, 형식분류를 통해 편년을 명확히 하라고 했던 부분까지 아니, 그 이상을 확장시켜서 논문을 썼던 것이다. 게다가 지도도 바뀌어 있었다.

심사자로서 조금 더 자랑을 하자면 수정을 요청했던 부분은 대부분 수정을 해왔고 너무나 좋은 논문이 되어 왔다. 나는 너무 좋은 논문이라고 총평하고, '게재가'로 논문 심사서를 제출했다. 그러곤 그해 논문이 발간되었다. 내 논문이 아님에도 불구하고 괜시리 뿌듯했다. 어떤 선생님이 이런 말씀을 하셨다.

"논문을 쓴 사람이 심사서의 내용에 맞춰 수정했다는 것은 심사서를 정확하게 이해하고 동의했다는 겁니다. 좋은 심사자를 만난 그 사람은 운이 좋은 겁니다. 그 만큼 김선 선생님이 글을 잘 지도하셨다는 의미입니다."

동역자들

　　서울에서 발굴할 때의 일이다. 현장에 도착하기
도 전에 일을 끝내신 인부 반장님을 지하철 입구에서 만
났다. 봉투를 드리니 오 만원을 빼서 맛난 거 먹으라고 주
시고는 빠른 걸음으로 가신다. 100미터를 20초에 달리는
내가 냅다 앞질러 다시 드리고 나중에 맛있는 거 사달라
고 다시 돌려드리고는 90도 배꼽인사를드리고 헤어졌다.

　　발굴현장은 조사단으로 구성된 조사원들이 주
된 업무를 담당하지만 인부 어르신들을 통해 실질적인 도
움을 받는다. 간단히 말하자면 조사단, 인부로 구성되었

발굴현장에서 인부로 일하는 지역 어르신들

발굴현장은 조사단으로 구성된 조사원들이 주된 업무를 담당하지만 인부 어르신들을
통해 실질적인 도움을 받는다.

다고 할 수 있다. 발굴 현장에서 인부 어르신들의 역할은 매우 크다. 과거 문화재 발굴 초기, 대학이나 대학박물관에서 인력 수급은 그 지역 이장님을 통해서 섭외를 하여 직접 고용하는 형태였다. 그래서 그 동네 논·밭농사를 짓던 어르신들이 일손이 없을 때나 호기심 반으로 오셨었다. 이분들은 본인 지역에 문화재 발굴을 했다는 사실에 자부심을 가지고 계신다.

지금은 전문 인력 업체를 통해 간접 고용하고 있어서 어르신들과의 관계가 많이 소원하다. 짧게는 3년 길게는 10년 이상을 문화재 발굴만 하신 어르신들이 계신다. 이분들은 어지간한 젊은 연구원들보다 유물도 잘 보고, 유구도 잘 보신다.

발굴 현장에서 우리들에게 노동력을 제공하는 인부에게 '어르신'이라고 부르는 호칭은 문화재 발굴 현장에서만의 독특한 문화일 것이다. 그리고 현장 일이 끝날 때는 동료 의식을 담아 아쉬움과 고마움을 표현한다.

북한산에 있는 사찰을 발굴할 때였다.

조사원들과 지역 어르신들이 함께하는 발굴현장

우리는 우리의 안전뿐만 아니라 어르신들, 현장에 있는 모든 이들의 안전도 책임져야 한다.

"어르신! 여기 정리해 주세요."

"김 선상, 거긴 포크레인 앞이자네. 위험해!"

"걱정마세요. 포크레인 앞에는 제가 있습니다. 어르신들은
제 뒤에서 일하시면 됩니다."

내 핸드폰에는 네 분의 어르신이 '반장님'이라는 이름으
로 저장되어 있다. 다들 현장에서 인연을 맺은 분들이다.
군위 인각사, 남원 실상사, 정읍 대흥사, 서울 공평동. 그
지역 현장 조사를 할 때마다 반장님을 맡았던 분들이다.
성실하시고, 꼼꼼하시고, 연세도 많으시고 그래서 늘 내
아버지를 연상케 했던 분들이다. 매년 잊지 않고 안부 문
자나 전화를 주시는 분들이다. 함께 현장을 마무리하면
다음 현장은 언제 들어가냐며 꼭 같이 일하자고 했던 분
들이다. 그런데 그 분들 중 서울 공평동과 청진동 등 서울
발굴을 함께 했던 반장 어르신이 갑작스런 사고로 돌아가
셨다는 비보를 들었다. 이미 돌아가시고 나서 연락을 받
은 터라 가볼 수도 없었다. 그 선한 얼굴로 "김 선상 이거
자셔 봐"라고 했던 모습이 아른거렸다.

2012년 무더운 여름 정읍 간등유적의 청동기시대 주거지를 조사할 때였다. 현장에 오신 반장님과 어르신들이 계셨는데 반장님께 정읍에서 맛집이 어딘지 여쭤보고 그곳에 가서 밥도 먹고 즐거웠던 기억이 있다. 그해 겨울 같이 일했던 정읍 반장님께 SOS를 급히 쳐서 정읍 내장사를 조사할 때 오셨다. 당시 다른 기관의 발굴 현장에서 조사 중이셨는데 나의 전화를 받고 그 쪽에 "자식들하고 같이 제주도 여행가기로 했다"고 '거짓부렁'을 하셨다는 것이었다.

겨울이었으니 여행을 핑계로 우리에게 의리를 보이신 것이다. 약 일주일 정도 조사 일정이었는데 눈도 너무 많이 오기도 했고, 오시는 길이 험하니 다시 돌아가시라고 연락을 하는 등 너무 추운데 고생도 많이 하셨다.

당시 현장이 얼추 끝날 때 쯤, 주지 스님께서 추운데 조사원들 고생했다고 금일봉을 주셨다. 어르신들까지 챙겨주셨다. 그런데 반장님은 당신이 받은 봉투를 다시 우리에게 주셨다.

"우리가 직원인 줄 아는 갑소."

"반장님, 그건 반장님과 어르신들 거예요. 추운데 고생하셨
으니 받으셔도 됩니다. 고생 많으셨어요. 어르신들."

반장님은 기분좋게 다시 받으셨다. 그리고 필요하면 언제
든 연락을 달라며, 김 선상이 부르면 온다고 하시는데 말
씀만으로도 무척 뿌듯하고 기분이 좋았다.
그때의 인연으로 매년 초 어르신은 전화를 주신다. 요 몇
년 동안 전화가 없길래 걱정만 한가득이었는데 몇 해 전,
완주 발굴팀에 합류하셨다는 소식을 전화시며 나의 안부
를 묻는 전화를 주셨다. 건강하시고 아직 약주도 잘 잡수
신다며, 좋은 일 생기면 연락하라고 꼭 올라간다고 하셨
다. 나는 살살 일하시라고, 너무너무 반갑고 좋다고, 꼭 건
강하셔야 한다고 말씀드렸다.

현장 일이 몇 년에 걸쳐 이뤄지다 보면 함께한
어르신들과의 정이 쌓여간다. 간혹 발굴 시기와 봄철 고
사리 철이 겹쳐, 함께했던 어르신들 급조가 어려울 때도
있다. 의리가 뭔지, 간혹 훨씬 수입이 좋은 나물을 포기하
고 오시는 분들도 계시다.

실상사에서 함께했던 어르신들과

발굴 현장에서 우리들에게 노동력을 제공하는 인부에게 '어르신'이라고 부르는 호칭
은 문화재 발굴현장에서만의 독특한 문화일 것이다.

극한 직업 고고학

¹사람과 사람 사이에 관계를 맺고 살아간다는 것은 무엇일까. 발굴을 할 때에는 조사 전에 지상에 있는 지장물이 없는 상태에서 조사를 진행한다. 따라서 조사 전 현장을 답사하고, 지장물이 치워졌는지 확인한다. 그래야 원하는 기간 안에 빠르게 조사를 마칠 수 있기 때문이다. 발굴을 오랜 기간 동안 해오면서 만들어진 이런 일반적인 일들은 예외 적일 수가 없다. 그런데 몇 번 예외적인 일이 있었다.

남원 실상사는 근방의 부지가 실상사 땅이긴 하지만 울력을 통해서 대부분 이루어지고, 회의를 통해서 진행되는

일이 많았다. 그 중 우리가 조사해야 하는 지역에 작물들이 굉장히 많이 심어져 있었다. 원칙대로 하자면 모두 밀어 버리고 조사를 진행했어야 했다. 그런데 몇 달을 실상사에서 일하고, 그곳 사정을 알고 나니 그러기가 쉽지 않았다. 그래서 사찰에 말씀을 드리고 농작물을 심은 분들에게 언제까지 와서 캐어 가지고 가라고 알렸다.

그런 후에 현장에 여성 두 분이 나타나셨다. 작년 농작물이라고 하는데, 이 농작물이 암과 뇌종양에 좋다고 해서 심은 것이라 했다. 여리여리한 여성 두 분이 봉지 몇 개와 호미로 그 넓은 땅에 심은 농작물을 캐야 한다고 하니 가만히 있을 수가 없었다. 굴착기 기사님께 농작물이 훼손되지 않게 굴착기 바가지로 탈탈 털어서 옮겨달라고 요청을 드렸다. 감사하게도 기사님은 잘 수거해 주셨다. 농작물 주인은 여성 두 분 중 한 분으로 몸이 아파 요양하러 실상사에 내려오셨다가 몸에 좋다는 뿌리 농작물을 심었다고 했다. 그러면서 고맙다며 몇 뿌리를 주셨는데, 주변에 몸이 안 좋은 분들에게 우편으로 보내드렸다.

[2] 발굴 경력 십수 년만에 민원을 위한 민원이 들

어왔던 적이 있다. 그런 민원은 처음이었다. 서울에서 발굴을 할 때에는 매번 주의를 하는데 그때 민원을 넣은 분은 민원도 모자라, 국민청원에 넣겠다고 협박까지 하셨다. 그렇게 당당하게 구청과 문화재청에 민원을 넣으신 분이 우리현장을 지나갈 때는 쳐다도 안 보셨다. 고고학은 정말 극학 직업이다.

3 보이콧의 사전적 의미는 부당한 행위에 맞서 집단이 조직적으로 벌이는 각종 거부 운동이다. 고고학 현장에서도 보이콧을 왕왕 경험한다. 나의 경우 현장을 운영하면서 지금까지 두 번 경험했다. 같은 현장이었다. 발굴조사는 발굴단의 조사인력들이 당연히 투입되어 중요 유적과 유물을 찾아내지만 그 이외에 흙을 나른다거나 유구가 나올 때까지 삽질과 호미질을 하는 일 등은 어르신들을 통해서 진행한다. 요즘은 인력 회사를 통해 인부들을 수급 받지만, 인력 수급이 어려운 곳에서는 이장님을 통에 동네 어르신들을 소개 받는다.

그 현장에서의 조사도 동네 어르신들을 중심으로 구성되었었다. 시굴조사를 하면서 반장님을 알게 되었는데, 보기에도 꽤나 강단이 있어 보이고, 말씀도 잘하셨고, 리더십도 있어 보였다. 아니나 다를까. "선생님이 반장님을 뽑아 주세요."라는 말씀에 "어른신께서 반장님 하세요."라고 했다. 이런 인연으로 우리 현장의 반장님이 되셔서 어렵고 궂은 일을 도맡아 하셨다. 약 2년간 발굴조사도 함께 했으니 진한 동료의식이 저변에 깔려 있었음은 물론이다. 함께한 어머님들은 늘 내가 호미질을 하려고 하면 "힘들 일은 우리가 할 테니 김 선상은 가만히 있어"라고 하시며, 나의 호미질 솜씨를 보시더니 "김 선상, 땅도 잘 파네."라며 특급 칭찬도 해주셨다. 그렇게 사계절을 두 번이나 보내며 서로를 배려해 주면서 작업을 진행 했었는데, 그렇게 잘 유지되어 오던 조사지에서 보이콧이 터진 것이었다.

두 번 다 시작은 별거 아닌 일이었다. 한 번은 물을 사달라는 어르신들의 요청을 조사원이 무시했다고해서 발발했고, 또 한 번은 현장 조사원과 어르신들 사이에 신나게 욕을 주고 받은 사건이 생기면서였다.
내가 잠시 현장을 비운 사이 벌어진 일이고 반장님을 설득해야 하는데 설득이 안 되었다.

"우리가 돈 벌려고 나온 것도 아니고 집에서 노느니 소일거
리나 심심하지 않게 나온건데 너무 무시하네."
"……"
"어른한테 욕을 하고, 그 어르신이 안 나온다고 하니 우리
도 한동네 사는 사람으로서 같이 행동하겠소!"

현장은 어르신들이 안 계시면 일의 진행이 더디기 때문에
나는 무던히 반장님을 설득했다.

"반장님의 말씀 알겠습니다. 그래도 반장님 어르신들하고
꼭 오셔야 합니다. 지금 화가 많이 나셨으니 하루 쉬시고,
모레 오세요. 제가 연락 드리겠습니다. 노여움 푸세요."

그리고 딱 하루가 지난 그 다음날 나오셨다. 마치 아무일
없었다는듯이. 그리고 어르신들은 계절마다 제철 음식을
해서 우리와 같이 먹었다. 또는 점심때 집으로 초대하셔
서 장닭을 삶아 주시기도 했다.

"김 선상, 땅도 잘 파네"

어머님들은 늘 내가 호미질을 하려고 하면 "힘든 일은 우리가 할 테니 김 선상은 가만히 있어"라고 하시며, 나의 호미질 솜씨를 보시더니 "김 선상, 땅 잘 파네"라며 특급 칭찬도 해주셨다.

한번은 주말에 서울에 올라가지 않고 남원 숙소에 남았던 적이 있는데, 반장님께서 내게 전화를 주셨다.

　"김 선상, 밥은 먹었어? 지금 우리 그 짝으로 갈 꺼니까 나와요잉."

그리고는 점심을 사주시고, 후식으로 커피까지 사주셨다. 주말에 혼자서 밥 한끼도 못 먹을 것 같아 안타까우셨는지, 그날 하루는 거의 나를 위해 반장님과 어르신들이 함께 했다.

조사원들은 어르신들이 우리 부모님처럼 생각되어 함부로 하지 못했고, 어르신들도 우리를 자녀들처럼 아껴 주시며 그렇게 2년을 지냈다. 지금도 반장님은 꼭 먼저 연락을 주신다.

　"김 선상, 잘 지내지? 요맘 때 되면 김 선상이 생각나."

공리

　　답사하기 좋은 봄. 건축학·조경학·고고학 전공자들이 창경궁 답사를 했다. 건축학과 전공자는 건축의 이름, 기능 등 세부적인 것들을 설명해 주고, 조경학과 전공자는 건물과 건물사이의 조망과 경관, 수목에 관해서 설명을 해줬다. 고고학 전공자는 이 곳이 발굴이 진행되었는지, 발굴이 진행되었다면 시대와 땅 속에 무엇이 있는지, 시대가 언제인지 알려줬다.

즐겁게 답사를 마치고 저녁을 먹으려고 인사동 어느 한옥 음식집에 들어가 음식을 기다리고 있었다. 마침 앞집은 한옥을 허물고 빈터였다.

고고학 전공자는 땅속을 보며, "지장물은 치웠는데 아직 굴착한 흔적이 없으니 조사가 진행되지는 않았군. 곧 시굴조사 해야겠네."라고 했다. 조경학 전공자는 주변을 살펴보며, "음, 전체적으로 살펴보니 골목이 이쪽에 있으니 문은 오른쪽으로 나 있었겠군."이라고 했고, 건축학 전공자는 높은 곳을 보며, "허물어지지 않은 옆집의 건물 외벽을 살펴보니 팔짝 지붕이었네."라고 했다.

각자 학습된 시선으로 땅과 주변, 외벽 천정을 보고 있었다. 전공이 다른 학자들과 답사를 다니다 보면, 내가 보지 보지 못한 것, 알지 못한 정보들을 알게 된다. 그래서 다른 전공자들과의 교류 기회가 있으면 좋겠다는 생각을 자주 했었다.

　　　거의 대부분을 고고학 전공자들과만 교류하던 때였다. 미술사, 건축사, 조경학, 과학사, 사진학 등 다양한 전공자들과 교류할 기회가 생겼다. 고고학을 전공하였지만 박사논문을 과학사로 쓴 국립중앙과학관 윤용현 선생님, 조경을 전공한 건국대학교 김해경교수님, 사진을 전공한 김영일선생님, 청동거울을 전공한 최주연 박사 등과 함께 모임을 만들었다. 서로 공부한 내용을 발표하고 공유하고 이해하자는 의미였다. 물론 이 소규모 공부 모임이 활발해지면 다양한 전공의 선생님들과 함께 하기로 했다. 가령 미술사에서도 조각, 공예, 미술 등으로 전공이 세분화 하듯 다양한 전공자와 함께 공부하면 내가 보지 못한 것들을 볼 수 있는 혜안이 길러질 거라 생각했기 때문이다.

특히, 국립중앙과학관 과장님이신 윤용현 선생님은 금속유물 주조와 관련된 전공자이다. 고고학을 전공으로 하셨기 때문에 나를 가장 많이 이해하고, 내가 학부생이던 시절 선생님께 수업도 받았으니 나는 그분의 후배이며, 제자다. 우리는 각자의 전공을 이해하고 모르는 것은 부끄러움 없이 질문도 하면서 정말 많은 것을 배우고 익히고 공유했다.

공리. '공유와 이해'라는 이 소규모 공부모임은 서로를 공경하며 존중하는 마음을 항시 가지고 있기도 했다. 그래서 나이의 적고 많음은 크게 중요하지 않았고, 배려하는 마음으로 모임을 이어 왔다.

소규모 모임의 취지는 좋았으나 다들 각자 너무 바빠서 만나기가 힘들었다. 나는 일 년의 반 이상을 현장에 있어야 하고, 지방에 계신 선생님도 있으니 꾸준히 만나기가 어려웠다. 이런 시점에서 코로나19까지 발생하자 더더욱 모임을 진행할 수가 없었다.

그러다가 최근 모임을 가졌다. 다들 건강한 모습이고. 공리 때 서로 발표하며 피드백을 주고 받았을 때 많이 배웠다고 했다. 코로나를 극복하고 다시 공리 모임이 활성화되기를 기대한다.

결론적으로 그 특강은, 나의 민낯을 정확하게 인지하게 해줬고 이후로 일 년에 두 편씩의 논문을 쓰고, 학회에서 발표도 열심히 하자는 다짐을 하게 했다. ●

발굴도 하고 논문도 씁니다

발굴하는 고고학자입니다만

———

6년 전, 서울의 여자 사립대학교 사학과로부터 특강 요청을 받았을 때의 일이다. 고고학을 접해본 적 없는 학부생들을 대상으로 한 시간 분량의 짧은 특강을 해달라는 내용으로 연락이 왔다. 특강은, 사학과 학부생들을 대상으로 학생들의 전공역량 강화와 취업에 도움을 주기 위한다는 취지에서 기획되었다고 했다. 대학 강단에서 고고학을 안내하는 강의는 처음이었고, 그래서 그날의 특강은 강의하는 내게도 나름 신선한 경험이었다.

섭외 과정에서 내게 요청을 한 이유를 들었는데, 특강을 기획한 대학의 사학과 교수님이 고고학 실무를 하고 있는 여성을 강사로 찾고 있다가 지인 교수님께로부터 나를 추천받았다는 것이었다. 감사한 마음에 나를 추천해 주신 교수님에게 문자도 넣고 준비에 들어갔다.

특강 당일 나는 학부생들에게는 낯선 학문일 고고학을 최대한 상세히 설명하고, 직접 발굴한 현장과 보고서 등 실무를 중심으로 내 20년의 전공을 소개했다. 특강 시작 전에 간식이라며 음료와 샌드위치를 배부르게 먹어서 그런지 조는 학생도 있고, 열심히 필기하는 학생도 있고, 간간히 웃음도 터져 나왔다. 교수님들의 반응도 좋았고, 중간중간 질문을 던지면 학생들로부터 적극적인 대답도 나왔다. 학생들에게 고고학은 생각했던 것보다 흥미로운 분야였다.

특강이 끝나고 재미있는 특강이었다며 직접 찾아와 인사를 하고 간 학생, 몇 년 후에 내가 근무하고 있는 연구소에서 실습을 하고 싶다며 사전 신청을 하고 간 학생도 나왔다. 특강을 주최한 교수님께로부터 감사 인사도 받았다. 그 정도면 긴장하며 준비한 강의가 잘 마무리 되었다고 만족해도 좋았겠지만, 그런데 묵직한 과제 하나가 내 앞에 놓인 듯한 기분이 밀려왔다.

그날 특강이 있기 전에 대학교에서는 이력서와 경력서 외에 논문 리스트를 요청했었다. 나는 그간 쓰고 발표한 논문들을 첨부해 달라는 대학 측의 요청에 당혹할 수밖에 없었다. 살짝 부끄러움을 느꼈다고 해야 맞을 것 같다. 2006년 석사논문을 쓴 이후, 내가 쓴 논문은 2015년에 쓴 소논문 한 편이 전부였다. 이것이 그때까지 고고학자로서의 내 개인적인 연구 성과의 민낯이었다. 20년이 넘게 발굴 일을 했지만 내 이력에는 책임조사원이라는 발굴 경력과 작업들에 수반한 수십 권의 보고서만 있을 뿐이었다.

그런 경력은 어느 조직에 속해 있고 꾸준히 일을 하게 되면 쌓이는 것이므로 시간이 지나면 자연스럽게 얻게 되는 것이다. 내가 아무리 발굴을 잘해서 좋은 성과를 내고, 보고서를 잘 쓰더라도 이건 나의 개인 성과가 아닌, 내가 소속된 연구소의 성과다. 보수를 받고 일하는 연구소에 소속된 연구원으로서 당연히 해야 하는 업무 중 하나인 것이다.

그러나 논문은 다르다. 나와 같은 필드 고고학자(야외고고학자)는 자신이 조사한 현장의 유사 사례를 찾아보고, 그

유적들에 대해 끊임없이 고민하고 연구한다. 보고서를 발간하는 이유는 보고서에 실린 성과물을 바탕으로 연구자들이 연구하는 자료로 활용하게 하기 위함이고, 이것을 토대로 논문을 쓴다는 것은 연구자 스스로 한 단계씩 성장해간다고 보면 된다.

결론적으로 그날의 특강은, 나의 민낯을 정확하게 인지하게 해줬고 이후로 나는 일 년에 두 편씩의 논문을 쓰고, 학회에서 발표도 열심히 하자는 다짐을 하게 했다.

미친 듯이 논문을 쓴 해가 있는데, 그 해에는 일 년에 6편의 논문과 4번의 학술대회 발표를 감당했더랬다. 밤을 새워 논문을 쓰고, 발표를 위해 PPT를 만들면서 늘 잠이 모자랐지만 그래도 뿌듯했고, 내려앉은 자부심도 많이 끌어올릴 수 있어 좋았다.

일부에서는 논문 발표 없이 발굴만 하는 이들을 향해 발굴업자라고 평가하기도 하고, 또는 필드고고학자라고 부르기도 한다. 한편으로 발굴 경험은 거의 없지만 고고학 논문을 많이 쓴 사람은 고고학자라고 부른다. 분류와 정의가 맞는 건지 아리송할 때가 있다.

고고학자란 도대체 누굴 지칭하는 걸까? 연구논문은 없지만 발굴 경력은 넘치는 사람? 발굴 경력은 거의 전무하지만 고고학 논문을 많이 쓴 사람? 학위는 없지만 발굴 경력과 고고학 논문이 있는 사람? 발굴 경력은 없지만 박사학위가 있는 사람?

그렇다면 나는 발굴업자인가, 고고학자인가. 20여 년을 끊임없이 자문해 왔지만 사실 아직도 잘 모르겠다. 본격적으로 논문을 쓰기 전까지는 현장에서 발굴을 주일로 하고, 결과를 토대로 장기간의 준비를 통해 보고서를 발간하니 현장의 실무만큼은 잘 한다고 자부할 수 있지만 내가 고고학자인지, 발굴자인지, 학자인지 잘 모르겠어서다. 그렇다면 현장 발굴도 하면서 논문도 쓰고 있지만 박사 수료한 지 10년이 넘은 나는 고고학자가 맞을까, 자격미달이니 필드고고학자라고 불려야 하는 게 맞을까. 물론 대놓고 무시하거나 따지고 오는 사람은 없다. 그런데 이 업계에 발을 들여놓은 지 24년이 지난 지금도 나는 여전히 헷갈린다.

고고학 연구자가 뭐길래

연구소에서 근무하는 고고학자들은 발굴뿐만 아니라 틈틈이 학술대회 발표도 하고, 논문도 쓴다. 사실 논문만 집중적으로 쓰는 일도 힘든 일이다. 와중에 만만치 않은 현장 일이 년 중 상당한 기간 포진해 있으니 논문 쓰는 일은 현장 발굴을 하면서 짜투리 시간을 활용, 병행하게 된다. 그러나 그마저 녹록치 않다. 보통 발굴 스케줄이 잡히면 주중 5일 동안은 꼬박 현장에서 지내게 된다. 그런데 현장 일은 숙소에 들어와서도 업무가 연장된다. 그날 발굴 일이 마무리 되었다고 그날의 업무가 종결된 것이 아니기 때문이다. 숙소에 들어와 도면을 작성하거나 사진을 정리하는 등의 일까지 하고 나면 저녁 9시를 훌쩍 넘기는 것은 예사다.

잠과의 사투를 벌인다는 건 그래서 나온 말이다. 저녁 먹고, 급한 행정일 처리하고 본격 논문 진행을 하려면, 발굴 노동으로 인한 근육통과 함께 본격적으로 잠이 밀려온다. 금요일 저녁 귀경해 집에서 보내는 주말도 쉬는 날이 아니다. 본격 논문을 써야 하는 시간이다.

이런 고단한 가운데서도 많은 연구자들이 일련의 작업을 이어가는 이유는 스트레스가 주는 긴장감을 즐기기 때문이다. 중독성이라고나 할까.

고고학은 사례 연구를 통해서 결론을 도출하는 경우가 많다. 발굴 사례는 많으면 많을수록 나의 논리를 뒷받침해 주는 증거가 되기 때문에 전국 각지에서 발간된 발굴 보고서들을 볼 수밖에 없다. 특별히 고고학 발굴보고서는 현장만을 기록하는 것이 아니라 유구와 출토된 유물을 통해서 편년과 역사적 현황 등의 연구도 함께 검토하므로 많은 수의 보고서와 논문들을 읽고 분석해야 균형 잡힌 결론이 도출된다.

그러므로 발굴조사 후에 발간하는 보고서도 단순히 현장의 현황 조사로 만들어내는 건 한계가 있다. 또 이런 보고서 결과를 토대로 연구자들은 논문을 제출하고 그 내용이 확대되어 학술대회에서 발표를 한다. 연구자의 학문적 발전은 발표와 토론, 그리고 그런 작업을 통해 학문적 교류가 형성되면서 이루어진다. 여기엔 노력과 결과에 대한 뿌듯함뿐만 아니라 중독성이 있다. 그 동력이 있어 힘들어도 밤을 새워 공부를 하고, 논문을 쓰고, 발표를 하는 것일 터다.

모든 분야, 만사에 덕목이 있으면 위험 요소도 있는 것이 이치다. 다수의 논문을 쓴 연구자들이 피해갈 수 없는 것이 있는데 '표절'이다. 그래서 타인의 논문을 인용할 때 넣는 각주, 미주, 참고문헌은 확인하고 확인해도 부족함이 없다. 타인이 오랜 시간 고민한 결과물인 논문을 인용할 때는 쪽수까지 명확하게 밝혀주고, 본인의 논지와 맞지 않을 때에도 정확하게 명시하고 반박을 해야 한다. 논문을 쓰지 않으면 표절 시비가 생길 일이 없지만, 학술활동을 하는 연구자로서 논문을 꾸준히 써야 하는 것

발굴자이면서 동시에 연구자

연구자의 학문적 발전은 발표와 토론, 그리고 그런 작업을 통해 학문적 교류가 형성
되면서 이루어진다. 여기엔 노력과 결과에 대한 뿌듯함뿐만 아니라 중독성이 있다.
그 동력이 있어 힘들어도 밤을 새워 공부를 하고, 논문을 쓰고, 발표를 하는 것일 터
다.

도 사명이니 감내해야 한다.

나도 최근 이런 일에 휘말리게 되어 여러 달 마음고생을 했다. 논문이 아닌 보고서를 인용하고, 인용 부분을 표시했지만 보고서 인용이라도 때마다 주석을 달아줘야 한다며 그 수위를 문제 삼은 것이다. 주변에 수많은 논문을 쓰신 교수님들과 선생님들이 검토를 하고 '이상 없음'이라고 결론을 내렸지만, 이런 기가 막힌 일이 일어나고 보니 정신이 피폐해지는 것은 물론이고 주변을 다시 한번 돌아보게 되었다. 그때 논문을 검토하신 교수님들이 농담하듯 하신 말씀들이 있다. '김 선생은 대가가 될 거야.', '김 선생, 장관 임명 되나요?', '그런 시비들을 경험하면서 연구자로 성장합니다. 나도 그런 일이 있었어요.'

궤양으로 십이지장이 시커멓게 구멍이 난 상태에서 위장약을 먹으면 버틴 여러 날 동안 나는 속으로 생각했다.

'그래 나는 고고학계에 큰 인물이 될 거야.'

그래서 더 열심히 논문을 쓰기로 했다.

역지사지易地思之의 언어 '수고하셨습니다'

　　'수고하셨습니다.'라는 논문 심사서를 몇 명이나 받아 볼까? 최근 메일로 받은 논문 심사서에 이런 훈훈한 멘트가 적혀 있었다. 세 분의 심사서의 결이 이런 분위기로 비슷해서도 놀랐다. 당연히 너무나 기뻐서 소리치고 싶었다.

꾸준히 학술활동을 해야 하는 연구자라면 논문을 제출하여 심사를 받기도 하지만 타인의 논문을 심사하는 심사자 입장이 되기도 한다. 논문의 평가자와 피평가자 사이를 오고 가는 것이다. 일 년에 두세 편의 논문을 써야 하는 피평가자와 일 년에 십수 건의 논문을 심사하는 평가자를 오가며 느낀 점이 하나 있다. 역지사지(易地思之)다. 그래서 과거에 공격적이고 가시 박힌 평가를 주로 했던 나는 최근에는 논문 쓴 사람의 노고를 치하하는 글로 총평을 시작한다.

과거에는 퍽 주도면밀하게 동일 주제의 다른 논문까지 찾아보며, 표절의 여부까지 확인하는 등 냉정한 편이었다. 아니, 냉정한 척하려고 무던히 노력했다. 그러나 내가 피평가자가 되어 공격적이고 냉철한 평가를 받아보니 그런 지적이 피평가자 입장에서 얼마나 정신적인 피폐를 조장하는지 공감이 가더라는 것이다.

그러면서 한 편의 글이 나오기까지 수많은 자료를 수집하기 위해 봤을 보고서와 논문들, 그리고 그 글을 엮는 과정을 생각한다면 쉽게 판단하면 안 되는 것임을 다시 깨닫게 되었다. 앞으로 얼마나 더 많이 깨지고 까여야 깨닫는 삶이 될지 늘 아직도 많이 모자란 인간이라는 생각으로 살아가게 되는 계기가 된다.

'수고하셨습니다.'는 멘트는 나도 앞으로 논문 심사서를 작성할 때 꼭 이렇게 직접적으로 훈훈한 멘트를 꼭 써줘야겠다는 다짐을 하게 된 계기가 되었다. 논문을 심사할 때 평가자는 논문의 필자를 알 수 없다. 그래서 피평가자와 평가자가 모두 익명이다. 다만 글의 주제와 내용을 보고 필자를 짐작할 뿐이다. 가끔 익명의 뒤에서 악담을 하는 멘트나, 혹은 반대로 그런 멘트로 좌절하는 주변 연구자들을 보는데, 그럴 때는 나의 일이 아님에도 화가 난다. 가령, 게.재.불.가 사유에 이렇다 할 논리적 명분은 보이지 않고 "이 유물을 직접 실견하지 않고 논문을 쓴 것 같다."라고 한 멘트만 부각 되면 이게 논문 심사인지 논문 독후감인지 분간이 안 가는 것이다. 실제로 개인적인 감정만 앞세워 논리적 근거도 없이 평가된 논문이 결국 게재되지 못하게 된 사례를 보기도 했다.

피평가자도 평가자도 연구자라면 서로가 경쟁 상대가 아니라 함께 나아갈 동료로 상호 끌어주고 밀어주는 대상이 되어야 한다. 학문이란 함께 일궈가고 발전시킬 때 풍성해지고 전진하는 것 아닐까. 그래야 더 깊고 넓게 발전할 수 있다고 생각한다. 그에 앞서 서로 보이지 않는 곳에서의 예의를 갖추는 일이 우선일 것 같다.

'일 없습다'라는 말의 진심

      학술대회에서의 발표는 누구에게나 부담이다. 그리고 발표보다 더 부담되는 건 토론이다. 오랫동안 발굴조사와 보고서 작업만 했던 나는 그런 이유로 발표 요청이 들어오면 대부분 거절을 했다. '제가요?' '시간이 없습니다.' '발표할 만한 내용이 없는데요.'라는 핑계를 대면서. 그러다가 2017년 한해 나를 전환하는 많은 계기 앞에 섰다. 세미나의 계절인 가을이었다. 토론 하나, 간단한 월례 발표 하나를 하게 되면서, 그리고 이어 강사로 나선 특강을 하면서 생각이 많이 바뀌었다.

발표나 토론, 특강은 우선 말을 해야 하는 자리인지라 그 시간을 통해 그간 잘 몰랐던 나의 발음과 발성, 속도 등에 문제가 있음을 알게 되었다. 그러면서 연습을 해야겠다는 생각을 하게 됐다. 보통 발굴 현장에서는 작업 중간이나 끝날 때 즘에 학술자문회의를 하게 된다. 전문가 선생님들을 모시고 현장 발굴조사 결과 현황 등을 발표하는 자리다. 대부분은 책임조사원이나 팀장이 나서 전체 작업 진행과 결과에 대해 발표를 하게 된다. 그때까지는 내가 발표할 수 있는 기회는 그다지 많지 않았다. 그러나 가능한 만들 수 기회라면 내가 적극적으로 만들어야겠다는 계획을 세웠다.

그러면서 다른 한편에서 시작한 것이 학술대회 발표 모집이 있으면 지원할 수 있는 건 무조건 제출, 지원하는 거였다. 학술대회 발표와 특강 때마다 나쁜 습관이 있는지, 발표 속도는 어떤지, 발음이 정확한지 등을 체크하며 스스로에 피드백의 과정을 거쳤다.

가장 좋은 비판자는 가족이다. 가족만큼 정확하게 콕 집어서 말해주는 사람이 있겠는가. "너무 빠르다", "목소리 톤은 나쁘지 않다.", "크게 말했으면 좋겠다." 등등의 의견이 나왔다.

　그렇게 한 해가 가고 2018년도 11월 말경 중요한 메일 한통을 받았다. 국제고려학회에 제출했던 초록이 발표논문으로 선정되었다는 소식이었다. 국제고려학회는 북한 학자들을 포함해 해외 각국의 한국학 연구자들이 참여하는 국제적인 학회다.

이듬해 열리는 제14차 코리아학 국제학술토론회는 체코 프라하에서 개최한다고 했다. 2019년 8월 18일부터 20일까지 3일간 진행된, 북한측 연구자 및 교수 20명을 포함한 150여 명의 학자가 함께 참여한 국제학회였다. 학회 권위와 별도로 그런 중요한 학회에 논문 주제와 내용을 제출한 건 2018년이 처음이었던지라 감격스러웠고, 선정 소식을 접했을 당시의 기분은 이루 말할 수 없이 흥분되고 기뻤다. 북한연구자들을 만나는 자리여서도 뜻깊었지만 개최지 체코 프라하는 짧았지만 강렬했던 추억의 여행지가 됐다. 내게 체코 방문은 그때가 처음이었다.

　도착한 첫날, 숙소인 힐튼 호텔에서 학회 등록을

마친 나는 저녁 식사를 하러 리셉션 장소로 이동했다. 대충 중국스런 음식을 먹고 숙소에 들어가기 아쉬워 구 시가지에 나갔다. 8시 반경, 슬슬 어둑어둑해지려는 곳에 수많은 인파들. 나는 프라하 구 시청사에 올라가 야경을 관람하였다. 학회가 끝나고 혼자 투어 시간을 갖게 되면 그때 나 홀로 실컷 여행해야지 다짐하고 숙소로 다시 돌아갔다.

체코 프라하 둘째날, 오전 각 분과별 발표장에 가서 듣다보니 같은 분과라고 해도 전공이 다르면 이해도가 확실히 떨어졌다. 게다가 나의 발표 분과는 종교&철학이었다. 나 빼고 대부분 중국종교철학 전공자들이었다. 다들 고고학에 대해서는 모르셨다. 점심 식사 때 한국중앙학연구원에 계신 선생님과 인사하며 전공과 발표 내용에 관하여 대화하다 보니, 재미있겠다며 내일 들으러 오신다고 하셨다.

내 발표를 이해하려면 많은 사진 자료를 넣어 졸지 못하게 해야할 듯 싶었다. 점심을 먹고 숙소로 들어와서 약 2시간 가량 PPT를 수정하고 보완했다.

체코 프라하 셋째날, 나의 첫번째 발표를 무사히 잘 마쳤다. "유물은 한 조각이라도 매우 중요합니다"라는 말에 김일성종합대학 교수님께서 "100퍼센트 동감합니다!"를 북측 사투리로 동의해 주셨다.

2부 사회가 나에게 주어졌고, 그 일도 잘 마쳤다. 점심식사때 옆 교수님께서 사회를 잘 봐서 식사도 빨리할 수 있어 감사하다고 해주셨다. 발표 10분을 남겨두고 손을 올리거나 박수치는 시늉을 해서 나름 시간 내에 잘 마친 것이다.

헌데 북측 교수님도 내가 편한지 자꾸 나한테 무언가를 시키셨다. 나는 속으로 '나 이 학교 학생 아닌데, 나도 이 학교 처음 방문인데, 나도 발표자인데.'라고 하면서 선생님들의 PPT를 봐 드리고, 인터넷을 알아봐 주고, 본부를 알려주고, 앉으시라고 의자도 갖다 드리고, 불 켜고 끄고, 사진 찍고, 사진 인쇄 하는 곳도 알아봐드렸다.

14차 고려학국제학술토론회는 주변의 우려 속에 참석한 학회였다. 많은 이들에게 알려져 있지 않았고, 돈만 주면 논문을 게재해 주는 학회가 있어서 이를 걸려

내는 분위기였기 때문에 많은 선생님들이 걱정해 주셨다. 어찌되었든, 2018년 11월에 초고를 신청하고, 2019년 1월에 합격 통지를 받고, 발표 준비하는 과정에서 우연히 발표하는 교수님들 틈에 프라하 가는 여정을 함께 하게 되었다. 짧다면 짧은 길지 않은 여정이었지만 그 기간 다는 아니어도 손가락 하나 찍어 볼 수 있는 답사였다. 알려지지 않은 학회라 참가하면서부터 많은 선생님들께서 걱정하셨다.

각각의 나라에서 '한국학'과가 있는 나라가 지부이며, 굳이 알리지 않는 이유는 각 나라의 학자들이 초고를 보내도 떨어지는 사람들이 많은데 굳이 더 알릴 필요가 없다는 거다. 물론 나는 처음 지원했음에도 불구하고 덜컥 되어버린 행운을 누렸지만 '누구나 지원하면 다 되겠거니'라고 안일하게 생각했었다. 그런데 막상 와보니 몇 년 동안 참석했던 교수님들도 떨어져서 못 온 분이 꽤 있었다. 각 섹션의 발표자들도 엄청난 내공을 가지고 계셨다.

내 발표에 종교 철학 전공 교수님들은 단정짓지 말고 포괄적으로 표현하면 좋겠다라는 충고도 해주셨다. 문헌사 학자들은 또 다른 견해로 나를 끌어주시며, 굉장히 좋은

제14차 코리아국제학술토론회에서.

뜻 있고, 참신한 학회였으며, 참석자 중 유일한 고고학 전공자로 많은 가르침을 받고 돌아온 학회였다.

논문이라고 칭찬 일색이셨다. 덕분에 나는 종교철학, 그 중에서도 중국 종교철학 교수님께 많은 가르침을 받았다.

나에게 뜻 있고, 참신한 학회였고, 나는 참석자 중 유일한 고고학 전공자에 발표자였다. 우리 섹션 김일성종합대학의 로학희 교수님은 단체사진을 받고 싶다고 했는데 "평양에서 만나서 드릴게요"라고 했더니 "일 없습네다."라고 매정하게 잘라 말하셨다. TV에서만 들었던 말을 면전에서 들으니 순간 당황했으나 메일이나 카톡도 안되는 상황이라 사방팔방에 수소문을 해 인쇄한 사진을 전달했다. 마지막 전체 심포지움 때 만나 사진을 드리니 너무 좋아하시며 "평양에서 꼭 만납시다!"라고 하시는 것 아닌가. 아무튼 그 날의 일로 나는 능력자, 우리팀의 에이스, 우리팀의 보배로 다시 태어났다!

코리아국제학술토론회의 일정을 그렇게 마친 후 참석자들은 2년 후를 기약하면서 서로의 안위와 안녕을 기원하고 각국으로 복귀했다. 그러나 이듬해 학회는 미뤄졌고, 그 다음 해에는 코로나로 인해 줌으로 발표를 진행했다고 한다. 나는 지원하지 않았었다. 내 인생 처음으로 체코 프라하에서의 발표였다.

건물지 고고학

내 방은 온통 고고학 책과 논문과 보고서로 가득
차 있다. 내 방뿐만 아니라, 거실과 가족들 방에까지 내 책
들이 곳곳에 꽂혀있다. 연구소의 내 자리도 온통 사찰이
나 건물지 관련 보고서와 논문들은 넘쳐난다. 그런데 이
렇게 많은 자료들 속에서 정작 당장 필요한 책이나 논문
이 아쉬울 때가 많다. 서울의 한 대학교에서 '불교문화유
산'에 관한 특강 요청이 들어와 '고대 가람의 변천 양상'
관련해 자료를 찾는데 딱히 마음에 드는 책이 없었다. 24
년을 이 분야에서 종사하지만 건물지고고학 관련 책은 그
만큼 귀한 편이다. 자료가 궁할 때는 본원지로 돌아가는

게 상책이라고 했던가. 김원용 교수님의 『고고학 개설』과 『고고학연구』를 뒤적거렸다. 그러나 건물지에 대한 언급은 없었다.

사지·사찰 발굴은 고고학인가? 건물지 발굴은 고고학인가? 이런 원론적인 고민을 하게 되었다. 고고학 전공자가 사찰이나 건물지를 발굴하면 놓치거나 해석하는 데 한계가 있고, 건축 전공자가 발굴을 하면 토층을 제대로 해석하지 못하는 문제가 생긴다.
발굴 현장에서 학술자문위원으로 고고학자를 모시면 건물지보다 토층에 집중하고, 건축학자를 모시면 건물지의 평면형태와 변화를 본다. 그래서 '이런 건물형태는 나올 수가 없거나 본 적이 없다'는 말씀을 하신다. 그러나 땅은 거짓말을 하지 않는다.

우리나라의 문화재는 불교문화유산의 비중이 상당히 크다. 그런데도 사찰 발굴이나 건물지 발굴과 관련된 고고학 개설서가 없다. 고건축 전공자의 개설서는 축약된 내용이고, 미술사에서는 불교미술에서 짧게만 언급한다.

실제 고고학에서 건물지를 고고학으로 인정하는지의 여부는 좀 애매하다. 물론 전공에 따라 보는 관점이 매우 다르지만 고고학을 학부 때 배워왔던 나도 박사과정을 수료할 때까지 건물지나 사지와 관련된 수업을 들어본 적이 없었다.

불교문화유산의 비중만큼 불교건축이 고고학에서 차지하는 비중 역시 매우 크고 경주 황룡사지, 분황사지, 익산 미륵사자, 왕궁리사지 등은 주요 성과를 냈다.

　　고고학 개설서에서조차 언급하지 않는 불교사찰, 불교가람, 가람의 배치 과정 등을 정리한 책, 개설서가 있었으면 좋겠다는 생각을 관련 발표나 강의 요청이 있을 때마다 하지만 이 역시 요원한 나의 소망이 된지 오래다. 결국 많은 발굴을 해온 분야임에도 연구의 사각지대에 있다. 학제간 연구가 필요한 이 부분, 사찰고고학, 건물지고고학 개설서는 아무래도 내가 써야 할지 모르겠다.

부 록*

남한강(원주) 유람단

파사성-여주 고달사지(여주 고달사지 승탑, 고달사지 원종대사탑비, 고달사지 원종대사탑, 고달사지 석조대좌)-원주 거돈사지(거돈사지 삼층석탑, 거돈사지 원공국사탑비, 거돈동사지 원공국사탑)-원주 법천사지(법천사지 지광국사탑비, 법천사지 지광국사탑, 법천사지 당강지주, 석조공양보살좌상)-원주 흥법사지(법흥사지 삼층석탑,흥법사지 진공대사탑비, 흥법사지 진공대사탑, 흥법사지 석관)-원주 흥원창지(고려시대~조선시대의 남한강 수계, 현 강원도 원주 지역에 설치되었던 조창)

법천사지는 2016년 발굴을 진행하고 현장에 노출된 상황이였다. 같이 간 선생님들께 법천사지에 대해서 간략하게 설명하고, 어느 유구가 중요하니 그 유구를 보는게 좋으며, 어디를 밟으면 유구가 훼손되니 주의하라고 말씀드

---

*저자가 각 분야의 전문가들과 소수정예로 모여 답사를 한 개인의 답사기록이다. 답사지를 방문할 시 효율적일 일정과 답사지 포인트를 소개한다._편집자 주

렸다. 그리고 다들 각자 흩어졌다. 우리 답사 유람단은 일단 본인들이 보고 싶은 것부터 보는 자유방임주의다. 다들 각자 보고 싶은 것을 다 보고 현장으로 내려 왔다. 그런 후 유구에 대해 설명해 달라고 해서 법천사지에 대한 중요한 사항에 대해서도 알려줬다.

우리는 매년 유쾌한 유람단을 꾸렸다. 코로나로 인해 최근 몇 년 동안 답사를 다닐 수 있는 기회가 없었으나 이제 점점 일상화 되어 가는 과정 중에 있으니 답사 계획도 슬슬 세워야겠다.

보길도 유람단

동구릉 주차장 1차 집합-운현궁 2차 집-고창휴게소 휴식-해남땅끝 선착장 도착(AM 11:00)-점심-산양(노화) 방면 배 탑승-노화 선착장 도착-세연정-동천석실-낙서재-곡수당-공룡알 해변-송시열 글씐바위-땅끝선착장 배 탑승-진도 이동-진도 숙소 도착
(이튿날) 진도 세방낙조-남도석성-팽목항-운림산방-쌍계사-점심-용장성-벽파진 및 전첩비-금골산 오층석탑-서울출발(PM5:00)-서울 각자 집

보길도에서 가장 기억에 남는 것은 '송시열 글씐바위'였다. 배를 타로 뭍으로 나가야 하는 일정 때문에 '송시열 글

씐바위'를 볼 시간이 없었으나, 우리가 누군가. 답사 내공 10단 아닌가. 이걸 안 보면 후회할 거라는 생각에 우린 뛰기 시작했다. 앞서 뛰고 있는 선생님께서 "바닥에 게 있으니 조심해."라고 외쳤다. 바닥을 보니 작은 게들이 무척 많이 기어 다니고 있었다. 게를 밟으면 안 되고, '송시열 글 씐바위'까지 보고 선창작까지 가려면 시간은 없고, 전속력을 다해서 달려가도 모자랄 시간에 게를 안 밟겠다는 의지로 엉거추춤, 춤추듯 뛰어가는 우리 모양새가 어찌나 웃기던지, 서로의 그런 모습을 보며 한참을 웃으면서 달렸다. 와중에 정신없이 사진을 찍고, 다시 게를 피해 정신없이 뛰어서 시간에 맞춰 선착장에 도착했다.

송시열 글씐바위 탁본 흔적

충북 유람단

보은 정이품- 보은 속리산 법주사 일원-보은 서원리 소나무-보은 우담 고택
(선병국가옥)-보은 원정리사지- 괴산 각연사-괴산 원풍리 마애이불병좌상-
충주 미륵대원지-제천 빈신사지 사사자구층석탑-충주 탄금호 숙소 도착.
(이튿날)충주 창동리 오층석탑, 창동리 약사여래입상, 충주 탄금대- 충주 탑평
리 칠층석탑(중앙탑)-대원사 충주 철불좌상-단호사 철조열좌상-충주 정토사
지 입구에서 점심-충주 청룡사지(위전비, 보각구사탑, 보각국사탑 앞 사자석
등, 보각국사탑비, 석종형승탑)-충주 엄정사 대지국사비-충추 경종 태실-서
울로 출발.

충북에서의 추억은 단연 제천 빈신사지 사사자구층석탑
이다. 여기에 도착했던 시간이 오후 5시 경을 넘었으니 해
가 지려고 하는 순간이었다. 우리는 석탑 안에 있는 보살
상을 잘 찍기 위해, 그리고 빛이 어디를 비추는가에 따라
모습이 달라질 거라는 생각에 각자의 핸드폰을 꺼냈다.
위의 상판 연화문을 비춰 주기도 하고, 뒤에서 광이 비추
는 것처럼 빛을 비춰주기도 하고, 좌·우측을 번갈아 비추
거나 아랫면을 비추면서 시시각각 변하는 모습을 사진에
담았다. 또한 각자가 원하는 방향으로 비춰달라는 요청이
있을 때에도 무조건 해줬다. 그러다 보면 좋은 사진들, 남
들이 생각하지 못했던 사진들을 볼 수 있다.

인각사 전경 스케치